揹山的人

郭漢辰 著

目錄

7 悲憫的寧靜（推薦序） 林文義
11 揹山行走（自序）

卷一 在日光那頭甦醒

17 雨夜往事
25 守護・童顏
34 不再流淚的夜祭
41 揹山的人
48 在日光那頭甦醒
55 將溪河山林還給天地

卷二 漂浪森林

用鋤頭閱讀大地 63
五條好漢在一班 70
漂浪森林 77
山歌 84
蝴蝶與陽光 92
回家的山路 100

卷三 藏溪的人

藏溪的人 109
燒煉重生的心 117
當小米遇見愛玉 125
紫色芋頭的歡歌派對 133
山谷裡的彩虹 141
放下 149

卷四　守護最後山神

159　河祭
167　女人的田地
175　碎石路上的追獵之旅
183　山林的滋味
191　守護最後山神
199　山谷中的大合唱

悲憫的寧靜（推薦序）

——郭漢辰的災後紀實

林文義

從前的印象：新世代作家郭漢辰是以小說探問文學的旅程最初，迭獲獎項，勇健的與之同一世代的寫手並轡，堂堂的進入二十一世紀。

我對於他的某種預期是，這位有著別於同一世代的文學群落相異之處，在於他並沒有北上到我所處身的北台灣首都之城，堅定的守在南台灣的屏東，踏察那亞熱帶的山海人文。

也許由於而今天人永隔的文學前輩，與我長年藉著書信往來的散文大家：陳冠學老師的緣故，親炙老師晚年的郭漢辰於我的印象，就顯得格外的真切；當然拜讀過漢辰幾本書，秀異的文筆、穩定的思索，相信這是值得預期的好手，尤其是欣羨家居於山海至美的屏東。

未見此新書之前只知題名為：《揹山的人》想是多少依循陳冠學老師不朽名著：《田園之秋》的農鄉書寫吧？俟歲末接到九歌出版社編輯鍾欣純小姐寄來書稿，拜讀之始方知竟是八八風災折逆南台灣山河的一本大悲咒！

小林村全然深埋於山崩、怒水之下的土石流中，五百多條人命傷逝於短促的分秒之間……多年前的悲痛記憶，靦腆、沉靜的郭漢辰竟然以著絕望於前、希望在後的堅定文筆為我們、為台灣的大地，如此真切、質樸的留予歷史。

郭漢辰。曾經是報社記者，職場數年之後力求精進的再讀文學研究所，選擇的另一種語言文化是布農族……書中提到曾經在二〇〇二年深秋與我一起攀登玉山的布農族作家：霍斯陸曼．伐伐，更是令我由衷的思念……漢辰這本新書回向我多年前的旅行記憶——甲仙、寶來、荖濃溪、楠梓仙溪、南部橫貫公路……已然辭世的伐伐早已完成長篇小說《玉山魂》，年輕時代的文學老友吳錦發時發豪語，有生之年定要寫出「荖濃溪三部曲」的大河小說……郭漢辰的《揹山的人》就讓我憶及從前了。

散文與些許報導文學的交相筆觸，我看見一位我所預期的新世代作家，得以寧靜之心、悲憫之情，為八八風災劫掠之後的絕望裡，親自踏察、訪談、反思，形成這本為受難的同胞留下希望的祈福與祝願之書，是值得感心的。

一切都失去之後，就再也沒有能夠失去。

原鄉毀壞，噙淚含悲，還是要重建起來。

漂流木與石塊合為悼念的紀念碑，雲水草葉以及湮滅在土石流中的鄉人們，一道雨後乍起的彩虹、一抹陽光與紫蝶，神啟般地喻示傷慟、絕望的存活者一定要相信希望的未來。

郭漢辰有一枝好筆，最初的小說已然印證無疑，這次則是以真情的謙遜、質樸的描寫，彷彿為蒙難的生與死，定義台灣歷史的斷代。

山河靜謐。文學書寫的晝夜，想是作家之筆與曾經雨暴風狂的莫拉克颱風決鬥！猶如手持玫瑰穿越鐵蒺藜的詩人……一切都是出於真情實義的悲憫，在寧靜、悄然的生命裡，感同身受的藉由文字書寫，為絕望尋求希望之盼。

將殘破的山河，以微弱卻堅執的心力揹負起來，如此昂揚，如此美麗的悲憫之書。

——二〇一五年二月二十五日台北大直

揹山行走（自序）

我相信，我們都是在島國揹山行走的人，揹負深重的小城心事，揹負那些逐漸消失的山林溪河，往島國的未來深遠處，漫步走去……

這本書便是我心中的一座山，這幾年我揹著它在陸上前行。有人問我為何寫這樣一本書，有關於一群人在南方偏遠山林的創作。大部分的人喜歡團圓歡樂的情節，而如此歷經災劫，穿走於生死苦難的故事，會不會過於老舊，會不會氾濫悲傷？

我總想在南方山林發生的震盪，隨時會在島國每個角落複製引爆。島嶼近二十年來遭受百年大地震的震撼教育，還有兩百年才爆發一次的大洪水，都在在提醒立足於這塊土地的人們，不能只在意喧囂紅塵的種種，更應從大地遭受的屢次災劫開始學習，如何面對猛然向人們突襲的暴雨狂震，還有隨時會伸出巨掌的大海怒吼，如何保護曾經守護我們的山水林木，這是島國人民得自抑謙遜修練的課程。

發生在二〇〇九年的八八水災，是異常氣候在島國的轟然展現，所崩解傷害的範圍，從高雄核心地區輻射到周邊其地鄉鎮。小林村的滅村，是撕裂心肝的巨大傷口。本書以文學的書寫，讓人們重新目睹了那場天崩地裂的災劫，只是無論日子如何艱苦，都得勇敢度過，形成卷一「在日光那頭甦醒」的主軸。大洪水沿著溪流，沖毀一座座山裡的森林，樹木從高山被迫流浪到平地，展開奇幻的漂流之旅，如同原住民們從山林裡落腳平地，譜成了卷二「漂浪森林」的主題。無形的另一場大水，淹沒溪畔觀光小城的昔日風光，以往洋溢熱情的溫泉或農林之鄉（六龜、寶來、甲仙），一度淪為人煙稀少的溪畔小城，他們對溪流的情感愛恨情仇，成為卷三「藏溪的人」。卷四「守護最後山神」，書寫那瑪夏區裡三個聚落的原住民們，在災劫過後，如何以「河祭」等傳統方式，與族裡的山神共同守護家鄉。

在這土地居住的人們，則是島國族群熔爐的縮影，小林村是平埔族人，溪流兩岸住滿到此地移民開墾的閩客族群，「那瑪夏區」有布農族以及剛成立的「卡那卡那富族」。山林曾經餵養這群人們，如今的災劫不曉得多少年過後，才得以復原。

兩千多個日子如同一陣山嵐，很快飄飛眼前。山林溪河的傷口逐漸癒合，歷經災劫的人們，不再隱藏心底那條作為代罪羔羊的溪流，人們得面對現實，揹負起崩坍的山丘，為未來的日子，為下一代的祖孫，重新打造立足土地的真實生命。

二〇一五年初春，第一道新年曙光，照射進南方山林的每一處角落。我相信，我們都是在島國揹山行走的人。出發前，眾人站在山林裡的高處，請容許渺小的我們，敬天敬地，敬山林，敬眼前安安靜靜的溪河。

我們開始揹起心中記憶裡的小城，揹起不曾改變容顏的大山，朝著島國的未來大步前行。

郭漢辰
於二〇一五年二月

卷一　在日光那頭甦醒

小林村、小林國小、日光小林永久屋區

雨夜往事

此刻，只有一絲絲天光，從山上兩旁的灰雲透瀉而下，天光裡還夾帶無數雨滴，一同向天地灑落。

那天清晨，正從家裡走出要到附近工寮巡看的翁瑞琪[1]，抬頭看了一眼那乍現的曙光，有時它還會被灰雲吞吃。那討厭的雨卻還在滴滴答答猛烈下著，這雨什麼時候才下得完呢。如果能讓剛滿月的孫女，看到小林村的陽光多麼明亮，那該有多

1 一九六五年出生的翁瑞琪，高雄小林人，文中的「這天」指的即是二〇〇九年八月九日清晨六點多，他剛好前往巡視工寮時，獻肚山霎時崩落，掩埋小林村九～十九鄰的全部房舍及校園，翁瑞琪十位家人全都埋在一片荒蕪砂石堆裡。本文透過訪談採擷資料，將翁瑞琪的故事，以文學性筆法，展現他從面對災難徹底絕望，到獲得新生命重新打拚人生的整個過程。

好，他心裡嘀咕著這些念頭。

他走到工寮時，碰上羅姓友人，兩人正要閒聊，卻被一陣巨大的聲響，驚嚇得魂魄奔出體外。

翁瑞琪從來沒聽過山神的咆哮，既像碩大動物的鳴叫，更像地震時嗚咽的悶吼，這一聲似乎在向天地狂嘯宣戰。

一時之間呆住的他，眼睜睜看著上天揮起一雙看不見的巨掌，將原本上千公尺的獻肚山，從山頭處一刀截斷。

大山的身子，剎那間碎化成上千萬噸的砂石，往山下轟然傾倒。

一場空前絕後的崩落，在他眼前以百分之一秒，爆烈上演。

八月八日，翁瑞琪的家裡早就不平靜了一整天。

氣象局說有颱風前來搗亂，風雨下了一兩天，山上的雨水尤其加倍地下著。八日這天更變本加厲，彷若天庭裡早已淹水，天神只好將溢出的水，往人間潑灑，以免自家庭園淹出災害。

這一突降過分的甘霖，人們無福消受。小林村到處小規模淹水，情形也還沒到無法控制的局面。看在老小林人的眼中，覺得山區多雨，本不以為意，況且後方還有一座壯碩的獻肚山倚靠，這山神始終是族人們最大的信心。

翁瑞琪家中轟鬧，倒不是因為颱風進襲，而是一個剛滿月的小女娃，送進翁家。八月八日是父親節，二兒子特別把剛出生的長孫女帶回小林老家，給四十多歲就當上阿公的翁瑞琪抱抱看看。

他想起初次抱起孫女時，她竟不哭也不鬧，只對他笑開了一整張臉，彷若和他特別有緣。這真是可愛的小生命，他心裡呼喊著，他得好心呵護，不得有任何閃失。小寶貝的體溫在他懷裡逐漸散開，讓他心頭頓時更加暖和起來。

八日晚間翁家熱鬧豐盛的晚餐，一為父親節而全家大團圓，二為慶祝翁家女兒畢業，三是迎接翁家有了第一個長孫女。全家原本就要好好慶祝，風雨呼嘯而過的聲音，卻愈來愈激烈，把整座山搖晃得震天價響。

晚飯吃沒多久，轟然一聲，屋裡瞬間沒了電，黑暗溜進屋內，小嬰孩的啼哭揚飛了起來，也有雨水滲進屋內，翁家人忙亂一團。整理一陣子後，客廳重新大放光明，嬰孩哭聲也緩緩停歇下來。只是外面雨勢劈哩啪啦從四方擊打而來，彷彿就不曾放棄占領這塊區域，一直耀武揚威，讓翁瑞琪心底開始擔憂。

翁瑞琪和太太說：「我去工寮看看。」拿起雨衣往外走。他的家在小林村九鄰，工寮在八鄰與九鄰之間，走路也要有二十多分鐘。走出屋外，這才知這次大雨下得有多驚人，雨勢如同飛箭，朝他身上射去，他提醒自己得走快些，否則雨箭射來討皮痛。

再回家時，已是八日深夜。家裡的人幾乎都沉沉地睡了，空氣裡除了風雨的潮溼霉味之外，其他就是兒子們忽高忽低的鼾聲。他走過每個房間，彷若在巡視他栽種的菜苗，不想讓剛發芽的菜苗被大雨淹沒。兒子女兒都被他辛苦地拉拔成人，歲月的改變，最能在兒女的成長裡看出所有端倪。想想二兒子剛結婚成家立業，媳婦為他生下可愛的小孫女，以往的兒子女兒，不也是從這麼丁點個兒，忽然暴衝長大，彷若只是幾個呼吸吞吐，時間就過了快二十年。

人生至此，夫復何求。他微微嘆了一口氣，走入自己的房間，躺了下來，轉身時看著陪他一同打拚的老伴，兩邊鬢角都發白了，也捨不得去染個髮。雨勢小一點時，得叫她去整理整理，兩個人還不到五十歲就已做阿公阿嬤，都是天公伯疼惜他們。

翁瑞琪望著窗外，雨水一滴一滴擊打在窗外，留下了斑斑點點的黑影。他心想，不曉得這次滂沱大雨要下到什麼時候，不要有太大的災害才好。

他的世界，在瞬間改變之前，仍然照著原有的節奏依序進行，連天公伯都不忍心進入他的夢裡，點醒他接下來將面臨怎樣的生命巨變。

九日清晨五點多，一整晚都在雨聲裡翻來覆去的翁瑞琪，覺得心裡有什麼事沒做完，他想到一早還是得抽空去工寮看看，否則一整年的心血就化為烏有。他換上衣服，老伴察覺他醒了，問他這麼早還要去工寮巡看？他點了點頭，輕聲說妳多睡一下，轉身隨手把房間門關了起來。

他走到孫女的房間，房門緊閉，他不敢率性進入，在門外待了幾分鐘。但想到孫女的小臉孔，雖然一早要冒雨出外工作，但心裡可扎實許多。他覺得懷裡還有她依存過的暖意，讓他待會淋雨時，可以抵擋一陣子的冷雨襲攻。這些就足夠了。

走在又黑又暗的雨裡，翁瑞琪彷若看不到路的盡頭，直到那一道天光灑了下來，他才覺得天空稍微開了眼，沒多久又是一陣風強雨急，像機槍掃射出來的水子彈，讓他吃了悶虧，想喊痛都來不及，只想真的中彈應該就是這回事吧！

工寮附近的羅姓朋友在雨中叫住了他，他走近剛要和羅說幾句話。獻肚山此時轟然崩坍，無數的飛砂走石奔襲過來，如同槍林彈雨般的火爆激烈，他一邊趕緊幫助好友的小孩逃出屋外，自己也沒命地往上方山坡跑去。

從他身旁錯身而過的大山身影，黑壓壓地往山下奔騰而去，不知到底含了多少噸重的砂石，以最快的速度，像泉水般直瀉他居住了四十多年的小林村忠義路。他讀過的小林國小、與他太太散步的河堤步道，還有小朋友讀書的學校，全都成了大山奔襲的目標。

最無法忍受的是，他一向敬重的獻肚山，竟然一聲不響就往他最溫暖的家鋪天蓋地撲了去，他的妻、他的兒女、他的媳婦，最悲慘的是他剛滿月的孫女……

竟然此生從此不再相見……

「天啊！」

他仰頭大叫，此刻他連任何神佛都不肯原諒了，因為沒有人可以救出他的家人。

大山崩落在他的雙眼……

他最後癱軟在一池淚水與雨水混合的水潭裡……

翁瑞琪再次從夢裡惺忪醒來，他又被淚水滴醒。

五年來，翁瑞琪始終做同一個夢，那天發生的事，像播放影帶般，一次又一次不停地重映在他的腦海裡……

翁瑞琪寧可相信，這只是有關那段雨夜往事的一場惡夢。

一場希望快快醒來的惡夢……

這兩年算好多了，他至少睡得多一些，不像之前完全失眠，眼睜睜看著黑暗從他的指間溜走，天亮了，自己卻和陽光一樣地清醒。

他做夢時不再尖聲大叫，而是默默地看著夢裡的災變發生，流下淚水。然後，在一片漆黑裡醒了過來。

那天所發生的事，竟然如此被擱放一旁，歲月一躍而過，就這麼過了兩千多個日子。

只不過，那天清晨的記憶，從此像是在他的體內長了肉生了根，化為身體的一部分。他不僅連做夢都夢到這些，他還有空就經常回到出事的現場，看看那個早已不見的家。

那裡荒草遍生，只剩一片砂礫。

他有空也常去公祠，撫摸刻寫著每個家人名字的黑色大理石，和他們說說話，彷若他們都還活著。

是的，他們都還活著，在他的心裡活著，在夢裡活著。

他也告訴他們，自己和一個同樣在風災裡失去家人的女子結婚，生了一個女兒。

坐在公祠默默發呆的他，始終自言自語地說，他會為他們而努力活下去。

他還告訴他們，每到夜晚，下雨的夜晚，他都會到還在襁褓中的女兒旁邊，就像之前在老家的每個晚上，他都會巡看兒女們的房間，握著他握過的每雙小手，拉起他們踢掉的小棉被，關上房裡的燈，輕輕地道一聲

晚安……

守護・童顏

「我的學生，我學校裡的四十八名小朋友呢？他們還在嗎?!」

他想向天地神佛吶喊，卻悲愴地一點也叫不出聲音來。

他腦海裡，盡是四十八名小朋友，綻放笑容的童顏。

那年八月八日，發狂的風雨，鋪天蓋地撲向甲仙區。

什麼都斷了。

通往該區的山路斷了，跨越溪河的橋梁斷了，電話及電路線，全都被一切兩斷。

楠梓仙溪旁的村莊，成了一座座風雨雲煙裡飄渺的孤島。

洪水肆無忌憚地往四周攻城掠地，天地間只剩狂嘯的風雨，以及那條伸出河面巨大的濁汙手掌，盡速地掃蕩人間的殘跡。

洪水最後成了一隻透明的巨獸，什麼都吞吃，連天空都畏縮在最遠的遠方，怕一不小心就被它吞入腹中。

家住在旗山的小林國小校長王振書[2]，才剛結束暑假在學校舉辦的育樂營回到家。他仍心繫颱風裡學校的狀況，從九日一早就等待工友打來報平安的電話。

他始終等不到那句熟悉的話語，「校長，我們這邊很好啊……」

那天王振書打了一整天的電話，打到手腕都痠痛了，學校的工友沒人接聽，家長會長的手機，始終以嘟！嘟！嘟！的聲響回應他。

為紀念埋覆在小林村五百多名受難者，政府施建小林紀念公園。所有哀傷都深埋此處。（胡靖宇／攝影）

小林村所有朋友、老師以及學生家長的手機電話，竟然沒有一個是打得通的，大家好像都說好，一同斷訊，一起在天地之間默默無語。

王振書的心情開始忐忑不安，如同一個人行走在高樓的鋼索上，隨時會從高空跌落。一顆心就這麼懸著掛著，到了下午，終於打聽到小林村的最新狀況，一位家住五里埔的家長接起手機。

電話裡傳來很遠又很近的聲音，如春雷有時在天邊鳴響，有時卻忽然鑽來耳畔，轟隆隆捶打著耳膜：

「校長，小林村整個被掩埋了……」

「不會吧！就算河水再凶猛，我們學校有三層樓高哩，至少再怎麼淹，總還看得見我們學校的屋頂吧！你再幫我確定看看……拜託，拜託……」斯文的王振書，口氣上不得不反駁在電話那頭說話的家長，他心想不會那麼嚴重吧！他始終不敢相信耳裡聽到的話。

「校長，我不會騙你，我看不見學校屋頂，我看不見村落裡任何的街道房

2 王振書，高雄小林國小校長，二〇〇九年八月九日小林村覆沒時，小林國小同時被埋沉在千噸萬噸重的砂礫裡，該校有四十八名小朋友與家人共同離開人世。透過訪談，呈現王振書及地方各界如何守護童顏。

舍……」

「校長，小林村整個村落都消失不見了……」

剎那間，他覺得天地被大力地撕裂成兩半，喉嚨更彷彿被一根很扎實的魚刺，狠狠刺穿。

他眼眶，痛得都泛出了淚水。

王振書是八八風災發生的前一年暑假，來到小林國小服務。

他剛到學校的時候，就遭遇到了凶險莫名的颱風，他隻手掀起大風大雨，險些把學校連根拔起，土石流竄滿了整座操場，到處都是風吹樹倒牆倒的混亂景象，連通往學校的路都柔腸寸斷，癱瘓在山谷之間，人車無法通行。

學校的家長只能輕輕撫拍王振書的肩膀，安慰他說，這是五十年來最嚴重的風災，只會五十年來這麼一次。校長大人千萬不要緊張，一起盡全力讓學校早日恢復即是。

王振書心裡踏實得很，他看見家長們笑著說話，心想這是個很棒的村落，小村左傍獻肚山，右依楠梓仙溪，溪水潺潺穿流過河谷。雖然學校剛被颱風橫掃而過，但他覺得這只是一時的障礙，天空不是如此蔚藍嗎？

學校的損毀以及通往學校的山路，很快修補齊全，彷若這裡從來沒有經歷過風雨的糾纏與殘虐。

王振書清楚記得，結束風災後，他抬頭看著寶藍的天空，心裡想起的還是家長們的笑談，彷若在耳畔響起：「這麼大的風災，這裡五十年才出現過一次……」

他壓根沒想到，隔一年來襲的颱風，才是百年來最凶猛的氣候巨獸。

在黑夜裡閃躲的魔靈，正在天地之間等待撲襲的時機……

那年八月八日晚上，王振書知道小林國小的消息後，整個人頓時跌落深淵谷底，沒摔個粉身碎骨已是萬幸，他癱瘓的靈魂，連正眼仰望天空的勇氣都沒有。

之後一連串的日子裡，他更覺得彷若在惡夢中行走，穿走過一個又一個難以言喻的夢魘，每個夢中，都有同學黝黑中帶著天真的笑靨。笑臉先是迎向他，擁抱他，最後卻都匆促離開他。

在那段似真似夢的歲月裡，王振書最難過便是要清點小林國小的學生人數。小林國小不存在了，他回不了學校，只能在後來災情控制之後的日子，偶爾到鄉公所或是回到教育局上班，或是對著一片荒蕪空無一物的大地上，拿出學校的點名冊，喃喃絮念著那些早已不在的學生，雙眼流出或流不出的淚水，比那年的八月八日還要風狂雨驟。

王振書看著他的點名冊，原本在學校就讀的七十八名學生，經過搜尋清點後，家住小林村十～十八鄰的學生，只有兩三名逃出，其餘的都與家人深深埋藏在那些石堆沙礫中，命運的磨難，總讓人的心肝無法承受，五臟六腑碎落成一地，四十八名小學生，最後的身分只剩一個字「歿」，王振書很艱難地在他們的名姓下方，寫下這個令人痛徹心扉的字。

聯絡之後都很平安的三十二名學生，大都居住在地勢較高的五里埔。王振書看著學生們倉惶的臉孔，沒有人曉得如何應付這樣的場面，老師走了麻吉同學走了，連以往歡笑的學校，都不再存在了，以前揚著笑臉的童顏，如今被哀傷的陰影籠罩著。一名翁姓小朋友一邊擦拭著臉頰上欲乾又溼的淚水，一邊抽動著肩膀，用手指屈算著，他的麻吉都不在身邊了，他們被天使召喚帶走。

王振書看著這些朝夕相處的小朋友，幾乎都有家長陪同，而那些走向其他命運的同學，大多和家長一同攜手離去。這到底是上天的仁慈或者不仁慈，要走就一起走，要留就一起留。他實在無法弄清楚，老天爺到底在想些什麼，只能求祂行行好，不要再開學校這麼大的玩笑。

他眼眶濡溼，望著清點過的學生名冊，那些空缺不在的同學，他們的照片，一頁又一頁被冷風翻吹了過去。王振書心裡始終為他們留下一間敞開的教室、廣闊的操場與綠意盎然的校園，讓他們有時間回來翻翻書、跑跑步，抬頭看著小林村上方那片湛藍得不能再湛藍的天空……發呆……

這世界得發呆一陣之後，才能清醒過來。

八八之後，剛開始要回學校的路，彷彿是一條千里迢迢的天路歷程，每個人都得經歷一回，馬虎不得，王振書也是。他得從台南縣進入，突破土石流搶進山區，然後學習當年美軍的跳島戰略，一路從甲仙、關山以及滴水等地，一步步進逼，一步步涉險，才能深入山神的懷抱，回到那座早已不存在的學校。

王振書在重回小林村的路程中，從不回頭，從不瞻前顧後，他終於回到小林村，卻再也找不到學校到底被窩藏在哪裡，這裡只有一片荒亂的石野，除此之外什麼都沒有。但心裡總覺得踏上這塊土地之後，至少心裡踏實了起來，王振書再也不怨天念地，他只想為他的學生，重建一所再度裝滿笑聲及童顏的學校，他知道那個學校的名字，永遠珍藏在每個人心底的某個角落，無法被抹煞，如果能把它重新大聲喊出來，或許更多人的心情會更好一些些。

王振書及五里埔的學生家長，都想重建小林國小，不想讓自己的子弟，流散到市區其他學校。小林國小就是他們的根，就算到現在什麼都不剩，但重新有個名字讓他們思念，讓小朋友讀書歡笑，讓人們把小林國小從深深的石堆裡，連根拔起，讓學校重新復活。

他要讓沉寂已久的童顏，再度讓這個地區百花齊放，如同小朋友臉頰上笑開來的那個迷人酒渦。

重建小林國小的過程，如同一場長期抗戰，和官方體制又戰又和，和往日的記憶搏鬥一番，又無法割捨。最後因小林村是唯一的平埔族文化傳承基地，終於啟動重建的機制，地方人士選擇較高的五里埔台地作為新校地點。王振書已忘了不知開了多少協調會，闖蕩過一關又一關的關卡。

新的小林國小在二〇一二年九月重新誕生於人間，如同一座堡壘般，聳立在楠梓仙溪的不遠處……他固若金湯，不容外人侵犯。

新年初春的某一天，有團體來教導學校裡的三十二名小朋友，如何製作壽司。

校園裡傳來一片燦爛的笑聲。

「校長，他們不會再來了吧……」一個玩得很盡興的小朋友，突然跑過來，對著校長說起悄悄話。

「你說，是誰不會再來？那些教你做壽司的大哥哥嗎？他們有機會再來陪你們……」王振書知道小朋友說的是誰。

「我說那個恐怖的……東西……還會不會再來……」小朋友說到這裡，身子不自覺地瑟縮起了起來。

「他們真的不會再來了！……校長保證……」

王振書假裝挺起胸膛，一副泰山救人的模樣。

小朋友被校長逗得哈哈大笑，然後一溜煙跑走，回到小朋友的團隊裡，和其他小朋友玩樂起來，彷若剛剛的事都沒有發生。

是的，我會保護你們的。

王振書心裡對著自己作下最慎重的允諾，接著抬頭看了一眼湛藍得不能再湛藍的天空。

不再流淚的夜祭

尪姨把阿立祖的話，傳到人間：「阿立祖叫我們要把眼淚節省下來，叫我們的力氣，要為下一代人而努力，今年的夜祭，不准再哭泣了，要和山神要和溪河好好相處……」

山崩了，山垮了，阿立祖[3]卻仍在山的最遠方，以及天空的盡頭，等待小林人誠心的遙拜。

族裡的尪姨[4]說，阿立祖和我們一樣為了族人的逝去，哀傷了很久很久，祂們的淚水卻只能強忍住，不敢滴落凡間，怕淚水又成為傷害族人的雨水。

淚水在祂們的眼眶裡不停不停地打轉，早已積累為一座小小的湖泊，全都是祖靈鹹鹹的眼淚。

尪姨抬頭看著被削去一半的獻肚山，山四周的灰雲，終於有漸漸散去的趨勢。

說不哭泣，是騙人以及欺騙祖靈的。

從那年的八月八日開始，族人的命運就和獻肚山一起被徹底地翻轉。

淚水也從那一天起，成為族人共同的語言。

如果你聽到全家十多口隨著獻肚山的崩落而一起離開，或則是全家只剩一個孤零零的人，懷抱著抱也抱不完的親人牌位，你不會掉眼淚嗎？

族裡的一名朋友說，剛開始時，小林村聽到的全是這種消息，淚水只能說像泉水般，從眾人的臉頰如瀑布垂流而下，那止也止不住的哀傷啊，你看了實在不知該如何是好，連叫人節哀都不敢說出口。

那年八月八日之後，獻肚山的四周常下起小雨，或者滿布的灰雲，籠罩著已消失不見的小林村以及五里埔附近，陽光也好像不知所措地藏躲了起來。朋友說，常

3 平埔族各社群夜祭儀式有差異，祖靈的名稱也不同，有「阿立祖」、「阿立母」或「太祖」等稱呼，通常都稱為阿立祖較多。

4 尪姨類似原住民的巫婆，平埔族中主持祭典，可與祖靈溝通的長老。

聽人說天地不仁，但天地豈止不仁，是幾近全盲的階段了，否則，上天怎麼讓如此悲傷的事任意發生在我們居住的土地上？

剛出事的第一年，每年大約十月舉行的夜祭，差點無以為繼。因為以往族人為祖靈興建的公廨（公廟之意），都被重重擠壓在千噸萬噸的砂石堆裡，大家不知如何重啟祭典。有人心想，連祖靈居住的地方都無法保住了，我們是否就此放棄。

沒有族人會背棄阿立祖，祂就是族人血脈的源頭，沒有祂就沒有以後的子子孫孫，就算祖靈同樣受災，祭拜祂們的儀式仍得照常舉行。這代表族人對上

小林人進駐小林日光社區在此舉行夜祭。（胡靖宇／攝影）

天及祖靈的誠心誠意，沒有敬天祭祖，這天地就沒有倫常的道理，世界更加敗壞。

眾人喧譁著，尪姨總遠遠地凝看族人們，不徐不緩地傳達祖靈的心聲。大家聽進尪姨的話，淚水要奔流，夜祭同樣得進行，除非整個族都沒了人。

災劫過後的第一年夜祭，會場四周滿滿是悲傷的空氣飄盪著，沒有人說得出話來，淚水總在每個人的眼眶裡滴滴落落。

數個不經意的眼神交會，你竟然看見每個人眼中的淚光閃閃亮亮，彷若大家的眼裡，都藏有一隻小小的螢火蟲，點起思念族人的燈，向外飛尋而去。

黑夜裡，只有幾個媽媽勉強唱出牽曲的歌聲，在五里埔興建的臨時公廨周邊，絲絲細細地迴盪著。

歲月的書頁，又被翻過了一年。悲愴的往事仍未被人遺忘，傷痕在每個人的心底，仍然留下一個崩陷的山谷。

夜祭剛開始時，卻碰上了颱風來襲，掀起山林之間一陣風狂雨驟，族人的心緊緊揪捏一起。大家想起那年的悲愴往事，心情就像天空飄下的冷雨，又冷又溼又無從選擇。

只是族人的心，已經比先前稍微踏實了，至少這些日子以來，第一批幫災民興建的永久屋將落成。族人的身心終於有個落腳處，祖靈也不會隨著飄泊。尪姨把這個好消息，捎給了在天空盡頭的祖靈，祂高興點了點頭。

風雨不給祖靈面子，它們說下就下，毫無章法。大雨把甲仙通往五里埔的沿路都團團包圍，山路上部分山壁四分五裂，四處滲流出的雨水，猶如提醒著昔日的不堪往事，而路基也因抵擋不住風雨的摧折，一再嚴重流失，山路只能單線通車。

住在外地的族人們，要趕回五里埔，只能開在危機四伏的山路上，看著車窗外風雨飄搖，家鄉景致模糊，心情不禁晃盪到谷底。車子開到會場，連日大雨使得雨水混合泥土，只要車子一過，泥濘四濺。風雨硬要阻攔，仍得挺起信心衝羅網陣，也只有前進，才能閃躲如針如刀的大雨。

族人下車後，脫下平日服裝，換上靛紫與深黑相間的傳統服飾，然後再綁上代表部落圖騰的頭巾。尪姨笑笑看著裝扮好的族人說：「你們真像昔日的英雄祖靈，從過去的歲月裡，昂揚地走了出來，風雨哪裡是問題，阿立祖在等著我們祭拜呢。」

風吹雨落，族人不顧這些，將先前準備好阿立祖喜歡的檳榔、酒水置放在祭祀場地。傳統夜祭裡有個象徵性的儀式，名字聽來就讓人心情平和，代表平埔族愛好自然，與萬事萬物和諧相處的態度。

族人們隨即把之前上山砍伐的向竹，合力立起。眾人看著竹子在風中搖擺它應有的姿勢，這不就代表族人近年的命運，天地如何無情擺弄眾人的生死，大家還是得依照自己生命的姿勢，昂然挺立活著，沒有任何的妥協及退縮。

此刻有雨水滴入眼眸，但眾人仍強忍淚水，點燃竹炮，向天地發出重大訊息，告知阿立祖們，今年的夜祭，不管風雨如何，都不祭不散。

風雨澆不熄火光，火光裡逐漸有族人繞成一個不大不小的圓圈，大家手牽著手，一股血脈緊緊相連，彼此流動同一個生命的氣息。

牽曲的歌聲，從眾人牽繞起的圓圈，往外漫延擴散開來，彷若一股銳不可當的力量，擋掉了風雨，唱走了惡運。

而小林村的天際，正等著一絲絲的天光，照透黎明前的黑暗……

近年的夜祭，真的等到無風無雨，風平靜得吹起來都涼爽舒暢。白天陽光璀璨，族人一邊忙碌祭典，一面嘴角都高興得微微揚了起來。很多人都說，這裡好久沒見到這樣會微笑的天光，或許真的有好運來臨。

尪姨說，我們族裡要改運了，阿立祖都一五一十告訴她未來的改變。只要和天地山川好好相處，遵守族裡傳下來的禁向制度，「向竹」、「向水」、「向天」，眾人要有節度使用上天賜予的萬事萬物，以後的夜祭，大家不用再流淚。

這晚最高興的不止是尪姨以及阿立祖，最興奮的是來自全台各地的平埔族，包括六重溪營埔族、南投葛哈巫平埔部落以及屏東加蚋埔平埔族，都前來剛興建好的五里埔永久屋區大集合，以歌聲為小林村族人灌注生命的氣力。

在各族的牽曲聲中，族人的身影，照映在祖先生活過的大地。

族人和阿立祖的影子不停舞動旋轉，向上蒼祈福，以誠摯的心撫慰天地山川……

揹山的人

「最摯愛的大山，如今轟然垮掉了，我們該怎麼辦啊？」問話的人幾近歇斯底里地詢問，彷彿要天地回答這難以應答的難題。旁邊有個人只聳了聳肩說：「那我們就把山，在心裡面揹了起來……」

以前開車經過這裡，抬頭看到一千六百公尺的獻肚山，總是和它打個招呼後，車子即揚長而去。沒有人太在意，這座山會突然有怎樣的劇烈行動。

「山就是山麼！它總不會忽然狂奔起來?!」

這山和其他圍繞在楠梓仙溪的山一般，總有一些白雲在兩旁爭寵，山上綠樹如茵，只是山的外圍特別突出，猶如中年人挺著大大的肚腹，在那裡莫名站立。或許，這就是山名的來由，地方人士也無法說個清楚，只得承認，這山看起來還真像大肚能容人的中年大山。

只是沒人料想得到，在那年風雨強力的煽動之下，它在我們眼前的大地奔騰狂飆起來，成了千夫所指的危山。

在那當下，獻肚山在剎那間崩毀，小林村迄今還在上千萬噸的石礫包圍中幽幽沉睡。

沒有人有勇氣，敢叫醒整個村落。

這山原有一千六百公尺的高度，卻因風雨掀起的巨大力道，短短幾分鐘之內，縮小低矮了一千公尺，那一千公尺的砂土巨石，全都轟然崩落下來。雖然沒人怪責它是滅村疑犯，這山八成也因肇事惹禍，個性變得懦弱無語了，終日顯得頽廢無精打采，連鳥群也懶得飛過它的上空。

「小林這災禍，不能怪獻肚山。」

小林村沒了之後，逃出的人，分三地流散，不是搬到日光小林社區，就是到五里埔永久屋，不然就搬到小林大愛區。大夥兒有空聚在一起，總在光天化日下，閒聊當日的種種，彷若八八風災是陽光下的雲煙一場，談笑之間就能打發。

只是太多在意的人，都知道它在心裡刻下了多深多苦的痛痕，那傷可是直接連到血脈筋骨及心臟那頭的，痛起來可是會揪人心肝，痛到骨髓。

遙想以往，獻肚山是小林村的寶山。整個村落可是在它眼皮底下蓋出來的，村落前方更傍依楠梓仙溪。一條山谷間蜿蜒漫步的溪水，有時和泱泱大度的大山一起牽手進入冥想，有時還有雲煙裊繞以造氛圍，好不浪漫美麗。以往日本遊人到此一遊時，都覺得這裡還真像日本山區裡的長壽村，遺世孤立而自成一花一世界。

結果……

誰會想到這好好的一座山，說塌就塌，也都不和天地事先商量一下，獨自釀出禍害來。

「那你說，是誰害獻肚山轟然倒下……」

回話人的腦袋裡跳出了好多個選項，人為破壞、水利單位施工、堰塞湖擠壓造成山崩等等。但是沒有一個原因，最後被獨立確認。

「大山說要倒，就倒了。原因太多，不及備載……」

「也是啊，事實都已成形。那山坍了，我們該怎麼辦？就待在這裡，與荒蕪的砂礫一同腐朽嗎？」

問話的人，話說得比誰都尖銳，像把針刺進聽話人的耳裡。

「山崩了，沒關係。我們就在心裡，把山揹起來！」

把一座那麼大的山揹在肩上扛，談何容易，又有誰揹得動?!

但有人確實做了這樣的傻子。

他叫蔡松諭[5]，比古代愚公還簡單還平凡的小林人。

他把覆沒在山礫石堆裡的小林村，還有在眼前崩落的獻肚山，都一一揹了起來。

蔡松諭這麼做的原因，只因他是小林人，從小在小林村長大，後來離開家鄉到外地打拚。八八風災那幾天，他聯絡不到住在小林村的媽媽、姊姊等家人，心底像被一把火烈烈焚燒了起來，他急著上網尋找小林村的最新消息。等知道家鄉被崩落的大山覆沒後，淚水早已哭乾。

小林村五百多人一同舉行的頭七那天，白幡與眾人的哭喊，在河谷與山林之間，翻飛迴盪。

昔日的街道、房舍、河堤以及學校，都幻化成了荒蕪的砂礫，只能攤在陽光下曝曬。那一張張熟悉家人的臉孔，一棟棟溫暖的家，像是海市蜃樓般重新出現眼前，卻在剎那間消失無蹤。

哭紅眼的蔡松諭，走在眾人的行列裡，他看著山倒屋塌，看著從小成長的小村，像神話般被收入神燈裡，再也回不來。他和許多人的心一樣，跟著碩大的獻肚山轟隆陷落，被埋在不見天日的地底下。

那天，決定以後不再流淚的他，想著總得有人站出來，把這座山以及這群人揹在心裡，否則這些憂傷不會有結束的一天。

從那天開始，蔡松諭成為眾多揹山的人之一。他們糾集眾人的力量，把小林村一磚一瓦蓋了回來。小林二村、五里埔永久屋以及大愛杉林永久屋，三年來就陸續出現在距離小林村的不遠處。小林紀念碑以及公祠，也因許多人的努力，以三角錐型的具體地標，豎立在消失的小林村附近。

他說著說著有些哽咽。他說在公祠裡，每家每戶的門牌都重新被書寫，寫著小林村忠義路幾鄰幾號，然後就刻在每個家戶的前面。每個家人在這裡都有他們永不

5 蔡松諭，高雄小林人，在八八風災後，擔任小林重建委員會會長，為重建工作奉獻心力。

抹滅的名姓，如此長長久久刻留在黑色大理石上。

他們彷若夏夜繁星，守護著家鄉的一切。

「那麼大的山，揹起來重不重？……」

問話的人，口氣婉轉了許多。

他看到揹山的人不止蔡松諭一個，許多人也都默默無語，在心底揹起了自己的那座山、那座村落。每個人都想把記憶揹起來，重新在生命的道路上，好好走下去。

一個在小林村意外中倖存的陳姓媽媽，她的家人同樣在那一刻沒了消息，她說她自己什麼攏無了，只剩下一條老命。她每天最怕看到獻肚山無事人似地站在哪裡，她想怪罪它，覺得又不是它的錯。如今她只能把山悄悄地揹在心裡，只有這樣，才有機會在心底或則在夢裡，再一次擁抱家人。

三年多來，有太多人找上蔡松諭，要他談談小林村的種種。他最後乾脆把記憶裡的小林村，一筆一畫畫了出來，製作一張小林村全村地圖。這圖他可是隨身攜帶，不但方便向遠到的朋友解說，更像是透過這麼一幅地圖，整座小林村彷若就活了過來，重見天日。

那天他帶著一群人，來到小林村原址上方的解說台，他再次拿出村裡的地圖，逐一把小林的往事說給大家聽。眾人聽到五百多人就覆埋在他們的腳下，臉色全都嚴肅了起來。

蔡松諭的雙眼飛向遠方：「無論獻肚山是怎麼崩的，我們可以不再去計較他們，但未來我們的子子孫孫，不能再遭受這樣的災禍，我們應該更珍愛大地上的山川林木，把他們都當成自己的手足，不能再任意欺損，只有珍惜才有愛，只有愛才有未來……」

他嘆了一聲，再度把山揹了起來。

他與眾人看著眼前成為石礫的的忠義路，此處曾經綻放家家戶戶的笑顏。他相信，家人們沒有走遠，他們的笑聲陪伴獻肚山，沿著楠梓仙溪，往最遠的永恆深處，潺潺流去。

在日光那頭甦醒

無論風雨多麼驚天動地，我們總會在日光那頭醒來……

在惡夢來臨的時候，總以為它會無限期降臨，更擔心它會惡夢成真。所幸惡夢，只是如煙一場，吹過你的肩膀，與你錯身而過。

「八月八日那天的事，我一生都不會忘記，那麼如同大海驚濤駭浪的風雨，發飆狂奔的獻肚山，讓我們的家人一個又一個永遠都回不來……總以為我的生命，就會停止在那一個時刻，永遠都無法再恢復走動……」

失去十個家人的小羅[6]，在小林村覆滅的時候，他的感慨很深，以為自己的一生都無法走出那個夢魘。許多揹山的人感動了他教他該是把責任扛起來的時候了，要勇於承擔，也該把重如泰山的心痛，輕輕擱放了下來。

沒有人的一生，能把那麼大的山，扛在心裡扛一輩子。那麼你會被大山活活壓扁，一個長輩如此諄諄告戒小羅。

小羅把這些話都聽進了心坎裡。

只是那場災劫帶走小羅的家人，帶走了房子，帶走了田地，幾乎什麼東西都在同一瞬間，統統被帶走了。小羅和其他逃過災劫的人，剛開始時都成了同一個模樣……

他們赤裸裸地存活下來。

接下來，在死裡撿回一條命的人，該怎樣像時鐘的分秒，不停不停地往前走？

什麼都沒有了，不表示連未來都得失去。

直到風雨過後了一段歲月，他們這才發現小林村就算什麼都被奪走了，只有一

6 小羅，是既真實又虛構的人物。在小林災區裡確有其人，但真實生活裡他是中年人，也不願曝光，於是隱其名隱其年齡，讓他以較小的年紀出現，本主最主要想勾勒小林人，以「日光小林」作為他們重新站上人生道路上的生命新品牌。

樣東西千年萬年以來，它一直都存在，任誰也奪不走，始終陪伴小林人度過一次又一次的難關。

一早從獻肚山頭四射而出的日光，就是他們生命裡最寶貴的資產。這日光映照過百年前來此開墾的祖先，溫暖過每一代每一張黝黑的小林人臉孔，日光是他們身上的印記，是他們體內遺傳的ＤＮＡ。

這麼好的活招牌，怎麼能不好好使用。於是，「日光小林」成了永久屋的名字，更成為他們重建生活的最好品牌。

小林重建發展協會因而應運而生，著眼小林人什麼都沒有，卻不能沒有未來。只有雙手打拚，別人才會知道小林人永遠無法被擊倒。

小林人在豐沛日光的照映下，臉上綻放著微笑，應對一關又一關的生命關卡。

小羅看那道溫暖的陽光走進部落，走進心底，他的念頭裡有了一個雄厚的底，要作為災劫之後人生馬拉松的起跑點。他心裡想著，「我們至少還有一條爛命啊，不替自己活，總得替失去生命的家人，多活一點吧！尤其日光這麼如此鼓勵我們……」

老師來的那天，社區熱鬧了起來，像在過年一般，彷若人人都在等待一個禮物，只要有了這個禮物，就如同擁有通往未來的鎖鑰。小羅和十多個婆婆媽媽擠進了一間窄小的教室，看著那個瘦巴巴的女老師，如何揚起一張看了就讓人舒服的笑臉，雙手熟稔地搬弄一套製作手工皂的功夫，那些無法細數的香精植物，在她的點化之下，成了一塊塊清潔人心的皂香。

茶樹精油皂、百花皂、迷迭綠豆皂、艾草皂、紅麴皂、紫草皂、土川芎皂，從此成了日光小林第一批出產的產品。小羅每次聞到這種香味，就像是回到了童年的獻肚山下，母親帶著他嗅聞不知名的植物，那種微香淘洗了他的魂靈，讓他仰頭看到了人生的第一道日光，讓他知道人生無論多麼潦倒不幸，始終有一種溫暖在等候著他。

除了手工皂之外，「日光小林」初期也開發了許多天然健康的果醬，就如同公告周知，小林人也重新淺嘗到了生命的新滋味，告別愁苦之後，自有許多不同的滋味，像魔法般被變化了出來，如草莓紅酒果醬、奇異果柑橘果醬、百香果加梨子口味的果醬，都是日光小林接二連三推出的產品。

那天，小羅緩緩走出教室，抬頭看到社區的上空出現微雨後第一道彩虹，彷佛做夢般真實，他隨時都可踏上彩虹那端，與阿立祖同遊無邊無際的天地。

每當新的一年到來，日光小林社區的人，總在尋找打動人心的新產品，讓小林的血脈源遠流長，讓小林的生氣蓬勃洋溢，好不容易拾回的新生命，怎麼捨得浪費一分一秒。

「梅子」是小林附近山區常見的果樹。現今五里埔仍有人在種植梅樹，釀造梅子醋，那經過波波折折歲月，以及吸收山林日光精華，所釀造的梅香，始終能飄香千里，讓人生命裡的種種煩憂化為虛空。

或許合當有緣，一名簡先生在十多年前購買了這附近山區的梅子，經過三千多個日子的點滴沉澱下，珍貴又罕見的「老梅醬」孕育而成。為了幫忙小林人重新站起，簡先生捐出了「老梅醬」，知名的糕餅師傅也慨慷允諾協助，還有不少公益團體襄助，「中秋老梅餅」在二〇一二年的中秋節，成為日光小林烘焙坊端出的新作。

小羅興奮地開始與眾人，投入製作中秋老梅餅的行列。尤其光吹拂到烘焙坊裡讓人酥酥麻麻的熱氣，就迷得人頭昏眼花，更不用說那飄出的餅香，一口氣鑽入心扉時的濃甜，讓他再一次體會到獲得重生的喜悅。那餅香在他體內落腳生根，開始化身為身上血肉的一部分。

去年的中秋節過後，蘭嶼與那年的小林一樣，被風雨全面進襲，島上像被炮火登島肆虐，成了海上殘破荒島。什麼都被摧毀了，卻也什麼都充滿希望。

「日光小林」社區知道這消息，趕忙送上中秋老梅餅禮盒，讓蘭嶼人嘗嘗苦盡甘來的滋味，鼓舞他們殘暴的風雨總有過去的時候，生命的陽光，總會從山頭那邊升起。

歲月總是快跑在人們的最前方，讓人在後面追得氣喘吁吁。很快，新的一年又蹦蹦跳跳地即將來到，烘焙坊裡又有新的味道飄起。這美味讓小羅想起風災過後的第一年，村裡什麼都沒有，只有泥濘不堪的基地，以及幾棟臨時興建的鐵皮屋。

大家擠在小屋內，想想日光小林可以推出那些年節禮品。眾人的念頭最後有了交集。小林人在以往除夕祭祖時，都會端上祖傳特製年糕，祈求新年步步高升、好運來。一群婆婆媽媽在夜幕低垂的除夕前幾天晚上，開始動起手來，一同以手工研磨糯米，再以小火慢炊二至三天，製作黑糖及紅豆兩種口味的「小林年糕」。

接著婆婆媽媽大隊，你一句我一句，聊起小林村以往在過年前後，家家戶戶都會煮製雞角刺雞湯，該雞湯是小林人熟悉的媽媽味，代表「媽媽的愛」，他們多希望有機會，讓大家共享這小林人難忘的好滋味。

除夕夜，小羅一人默默吃著小林年糕喝著雞湯，日光小林社區上空綻放起繽紛多彩的焰火。他舉杯邀請許久不見的家人，喝了一杯杯水酒。

不一會兒工夫，他有些喝醉了。

他知道，他總會在日光那頭醒來……

陽光會好好撫慰他那顆曾經破碎又縫好的心……

將溪河山林還給天地

以前的小溪小圳，如今不知被誰養大成大河大川，任誰都管動不了。或許只有還給天地管吧！

不知什麼時候，我開始對楠梓仙溪的小林村關照起來。或許是那次不在預期中的採訪，讓我見識到這巨大的河谷，究竟大得有多麼驚人。我的車子，開在約十幾條街道那麼寬廣的河床上，要往另一邊的河谷開去。坐在駕駛座上的我，感受到的震撼，豈止只是驚心動魄四個字，可以形容。河谷兩岸，彷彿被誰用驚人的力道，強力往兩邊撕裂，裂成一道無法痊癒、看不見盡頭的傷口。

我可以想像，如果暴漲的溪水，將這裡全部注滿，我將會被這可怕力量迅速吞吃，不到幾秒鐘內，我會被洪水吞入肚腹，然後，它在很遠的下游處，再吐出我和車子混合的殘鐵肉骸。

如果要形容這股莫名磅礴的神力，應該也只有山神之類，才能擁有這拔山倒海的力道。

我不敢和這股力量，正面為敵。

不，應該說渺小的我，根本不配與祂為敵。

接下來這兩三年，我對小林村的滅村事件，愈來愈關注。也因為幾次採訪任務，又造訪楠梓仙溪周邊的幾位農家，我再度近距離觀看這河谷這山，如何狂暴又如何傷人傷己。再次對大自然的力量，既心驚膽跳，又五體投地。

一座一千六百公尺的獻肚山，在不到幾分鐘之內，被削平成六百公尺。被天神一刀砍下約一千公尺上千噸重的砂礫，就這麼形成一道急速的土石流瀑布，深深地把小林村攬抱在懷裡。這樣力拔山兮氣蓋世的力量，大概也只有神之輩者，才能如此為之。這樣的力量，實在讓人敬畏。

這次我沿著楠梓仙溪的河道，朝小林村五里埔這個方向前進。猶如一條巨龍般的河道，蜿蜒穿繞到處被夷平的山谷，或是出現落石的危險現象。八八風災造成兩百年僅此一次的巨大洪峰，讓河道壯大成一隻無以復加的巨獸，將河岸四周的東西掃蕩殆盡，他食量大得驚人，吞吃了一個村落，對他來說，真的只是小事一樁。

面對無法言喻的神力以及巨獸，我夫復何言？

我的嘆息聲，只能在河谷裡，迴盪得更遠更遠。

現今的大河大川，想當年只是一條小溪小河，不但不讓人心生畏懼，還覺得它小巧可愛。它以前只是「我家門前有小河」的經典範例，一條小溪小流何來神力，可如此肆虐大地。

小林村附近的人說，以往村裡周邊，潺流著的都是渺小到不能再渺小的小溪，甚至只是一條小溝圳，人們跨個大步，就跨過了它。

誰會想到曾幾何時，小溪圳一日千里，在雨季颱風季時，尤其降下豐沛雨量，小溪小圳豈止一暝大一寸，而只要一個晚上，就讓小溪直接蛻變成浩蕩大溪。

那麼到底是誰，一口又一口餵養了他，讓他成為連天地都難以阻擋的巨獸？

車子繼續開在荒蕪河床上，心裡想著，餵養出這頭巨獸的人，不是別人，便是我們和天地聯手的結果。我們不知情地將他孕養長大後，他再無聲無息回來傷害大家……

最常見的說法，所謂地球暖化，造成的全球氣候異常，形成「聖嬰現象」以及「反聖嬰現象」，一言以蔽之，這種現象，指的是以往常下雨的地方會下更多的雨，而少下雨的地方，則會更加乾旱，火上加油。

太多的團體或人們，在溪河上游的地方進行開發，使得大雨降下時形成張牙舞爪的洪水，河道又不足容納大水來去，於是，巨獸便橫衝直撞，衝破這個河堤，撞擊那座小山，而形成的連鎖效應，是人們的雙眼無法完全洞悉。獻肚山崩落的其中一種說法，便是大雨在山上形成巨大的堰塞湖，最後不敵更多雨水的擠入，獻肚山終於不支傾倒，悲劇於焉形成。

心裡晃盪這些想法，眼前的事實卻無法遮掩。我把車子停了下來，一個人走到河谷中間，用雙手企圖衡量這大約一座球場那般大的河谷，我知道再怎麼去量，終究不是渺小人類所能為。

我只能嘆天地幽幽，獨愴然而淚水獨自吞下。

如果我們都無能為力，在這混亂的時代，我們究竟還能做些什麼，好讓情形不至於惡化下去?!

那天車子繞了好久的溪河彎道，終於抵達小林村五里埔。我和一個校長朋友聊，他很冷靜地和我提及，如今離八八風災愈來愈遙遠了，各區的永久屋都已完工啟用，族人們陸續進駐。經過歲月的淘洗及沉澱，大多數人逐漸遺忘那一疊痛徹心扉的悲傷，那一段傷心的過往，幾乎快要化成記憶裡的裊裊雲煙。

校長朋友望向山外的山林，然後提到他一直在想的一件事。他說，一般人如果受傷，至少得療傷一段時間，但這地方發生了這麼大的巨變，卻沒有聽過要讓這附近的山區停止開發休養生息。以往都有所謂溪流的封溪，或者國家公園保護區的封山，這些都是透過短時間對外封閉的方式，讓生病的山和河流，都能好好休養，等到山林溪河都恢復健康了，再來開放。平埔族也有禁向制度，讓大自然調節生息，不能沒有節制地使用天地萬物，否則會招致災禍。

只可惜大家並沒有這樣想，只想趕緊重建，山林溪河都來不及好好休息啊。哎……校長嘆息了幾聲。

他問了我的看法。我說，我和校長的想法差不多，發生了這樣的事情，該是把山還給山神，把河還給河神的時候，人們甚至都要把從山河那邊借來的地，統統還給他們。讓河有足夠的河道暢流，讓山沒有任何畏懼地成長，人們盡量遠離，盡量不要干預他們，才能保持和平相處。

校長朋友和我握了握手，我們分道揚鑣，他忙他的校務，我沿著原來的山路回去。

沿路上，那些氣勢磅礴的山谷河流，再度出現眼前。我有時和他們錯身而過，有時卻和他們緊緊相依偎。

我向照後鏡裡的大山大河說再見，把他們全都一一留還給天地，這該是他們最好的歸處。

卷二　漂浪森林

在農場的日子

用鋤頭閱讀大地

夏末，日光開始毒辣起來。曬得人的魂魄，都得脫掉好幾層皮，肉身又乾又黑，酷陽不肯善罷甘休。

負責栽種植株以及蔬果的兄弟姊妹們，來自小林、那瑪夏以及桃源山區。他們想避開毒太陽，卻總是躲不了，就讓它往身子骨裡鑽扎吧！反正再苦的苦難，就當作殘留在那年的山上。

山裡的每一寸土地，早被風神雨神召喚而來的大水，遍體紋身。有些山林一夕之間，被山神揮掌剷平。大水更如同利刃大刀，揮向弱不禁風的森林，他們轟隆隆地一棵棵倒了下來，讓大水搖晃著他們的身軀，共同吟唱始終快樂不起來的搖籃曲。

山林一直在噩夢裡持續崩坍，兄弟姊妹們仍得面對現實，畢竟生命湍流到這等年歲，到如今不止單單為自己而活，更得為自己摯愛的人咬緊牙關，穿走過煉獄火山的煎熬。

在這塊看似無盡延伸的大地，受過災劫洗禮的人們，得吞下失去心肝的苦痛，每天與陽光，一同用力揮下鋤頭，閱讀大地一頁頁的年輪，更順道朗誦完每一滴淚水滾流下來的桑滄，算是新生之後，必做的早課。

「剛來的時候，這裡像一片受盡天地苦難的荒地……滿地是野溪暴漲過後暴露的石礫，還有逃過一劫卻殘缺不全的樹幹……」說這些話的小李，瞳孔裡閃現的記憶，彷若又回到了那個災劫過後的第一時刻，語氣裡總有些不安正在蠢動。

三十多歲的小李，在八八風災之後，奉派到這塊土地上，希望開闢一座農場，讓來自山上的人們，重新在大地的懷抱裡，站立出屬於自己昂揚的身姿。這裡距離山上還有二、三十公里的漫長路程，大水就算多麼瘋狂，也不可能跑這裡來肆虐。

讓小李想不到的是，八八風災召喚而來的龐大風雨部隊，陣容之堅強，遠超過所有人的想像。大雨不止塞爆了大河大溪，地方不起眼的小山小水，同樣被風雨蠻橫地占領。田地旁溝圳的水很快溢滿了出來，開始在這塊土地上，掀起大小不一的水之暴動。

小李剛踏上這塊看似漫無邊際的田園時，他心裡倒抽了一口氣，他得面臨兩種災後餘生的重整。一個是有關這塊土地荒蕪的絕境，如何讓它起死回生。一個是有關災區人們的收容，如何讓他們忘卻心裡那道長長的傷口，讓他們從地獄的邊境，返回現實的人生，再好好活一次。

對於這樣的事情，誰都沒有把握。

小李心底知道，對未來發展的存疑，都會從沒有自信的裂縫裡，偷偷萌芽成長。也只有當成此行沒有回頭路，生命才會走出自己的幽幽小徑，有機會窺看到明日的光亮。

他看著眼前輪廓愈來愈鮮明的山林，雙手把鋤頭從日光的映照裡，用力揮了下去。

他彷彿聽到土地應和的聲音。

小李心底想著，真的該是前進的時候了。

南台灣的烈日，從來沒有改變她的位置。從清晨時分到日正當中，太陽始終站立在天地最高點上，對腳下每個地方，毫不吝惜地散發她的光與熱。

小李和剛招募進來的同事們，頂著毒太陽曬燙在肌膚上的炙熱，在大地上整地除草，沒一刻得閒，他們的汗水在烈日催逼下，紛紛掉落在這片廣闊的田園裡，彷若幾滴水落入汪洋中，無聲無息，只有他們自己聽得見，汗水淋漓奔流的湍流聲。

園區裡大倉庫、辦公室的興建，更是個頂天立地的大工程，難度極高。從附近野溪及田地挖出的礫石，還有被洪水從山上沖下來的大量漂流木，原本堆置在災區空地，被當成巨型垃圾山，沒人知道該如何處理它。

好在有人靈機一動，想想這些無法計數的礫石、漂流木，原本就是山林大家族的一部分，如今原住民們因山上聚落遭到毀壞，只能像飄飛的落葉，飛落到山下居住。他們決定把礫石、漂流木，作為嵌入建築物的結構體，不但是身分上的認證，原住民看到這些熟悉的點點滴滴，更會記起他們來自祖靈的山上，心裡總有些暖意，暖和著一顆顆漂浪的心。

要栽種有機農業，搭建溫室，讓蔬果類不受外界侵擾。大自然生命力的任意勃發，在這裡也一樣，如同下了一場雨後，小李看見一棟棟溫室，在原本荒蕪的田地，像是野地裡的菇類，熱情地繁衍了起來。

尤其是華燈初上，溫室裡的小燈，都一盞盞地被點亮了起來。小李看見原本朦朧的室內，被燈光照亮得更加清楚。那些小盆子裡的綠色幼苗，像是被時間一下子拉長拉大，很快地熟成。或許是燈光燃亮了小李的想像，他竟窺看得到農場綠意盎然的未來，所有的辛苦，彷彿都等到了開花結果的美麗。

小李與其他人，放下了肩上沉重的鋤頭，停下雙手的繁忙，看著溫室裡的光芒，一道道映照進自己原本暗黑的心底。

經歷過風災那些事後，沒人心情飛揚得起來，總像灰濛濛的天氣，到處都有看不清前方的霧氣，在心魂之間飄盪遮掩。小李可以體會，喪失父母兄弟、妻子兒女，那是人間至痛，彷若失掉體內最重要的血肉，心肝脾胃，全在一瞬間消失，那可是哭乾淚水，都無法挽回的沉重哀傷。

小李曾遇過，大白天時，大家都在揮汗整地，那個來自小林區的袍澤，剛剛還在手上揮動的鋤頭，卻不知怎麼就突然倒下。那人頭髮霜白，聽說八八風災家裡還沒被埋掉之前，他的頭髮還有烏黑的部分，家裡的人全走了之後，他的髮彷若下了一整夜的大雪。

鋤頭倒下，那人跟著倒跪在地上，原來那一天是家人的忌日，家裡只剩他一人，農場的事忙得無法走開，他來不及祭拜生命裡再也無法相見的十個家人。從父母到還上小學的兒子，全都埋在二三十公尺深的沙石堆。

他卻為了糊口飯，仍得扛起鋤頭，忍下酷日的肆虐，在大地上揮著血汗打拼。他以為吞下這些痛，就可以遺忘所有不幸的往事，卻碰到這個特別的日子，家人的臉容逐一浮現腦海，他再也無法忍受思念的氾濫，只好讓那些痛徹心肝的記憶，掀起滔天巨浪，看看能不能溺死自己。

自己死不了，他卻得一定要跪在地上痛哭個夠，算是一種最深的懺悔，悔恨在災劫來臨時，他並不在他們身邊。他跪下時，還想俯聽地上是否傳出什麼聲音，或許媽媽還在地底下呢喃著沒人救她出來，或許兒子還在那不遠處叫喚著他。只可惜他什麼都聽不到，只看到小李等人伸出手來，要把自己拉離地面。

什麼話都沒說，因為任何話也都說不出口。小李只有拍拍那人的肩。那人站定後，擦擦濡溼的眼眶，開始拿起倒在地上的鋤頭，這一刻，所有人都讀懂了他的意思。大家把手中的鋤頭，往土地最深處掘下。

這次眾人都親耳聽到，小小種籽穿透過泥土的絲絲聲響，彷若春雷般轟隆隆，聲聲敲開了生命的大門。

多年後的秋初，清晨時分，露珠在葉上輕靈滾動，沁涼的空氣，正吹拂剛走入田埂的小李。

他抬頭看著遠方的地平線，彷彿看見歲月走過大地的足跡，陽光不曾改變她的位置，萬事萬物仍然有規律地運轉、呼吸以及正常活著或者是逐漸逝去。

該開花結果的就歡喜收割，該凋零落地的，就讓它化為春泥。

沒什麼好格外喜悅，也沒什麼好低頭啜泣。

小李昂揚地走向農場的中央。

他揮動手中的鋤頭，開始閱讀大地這本厚重無比的大書……

五條好漢在一班

五個加起來快三百歲的中年熟男，膚色早被烈日精雕細琢。他們一早走入農場，全身被三十度的高溫，逼催成一道道汗水奔流的移動瀑布。

來自小林村的劉清祥心底想著，每天上工流下的淋漓大汗，總是擦拭不完，淚水卻是可以被歲月逐漸治癒的哀傷。只是啊！只是啊！往事還在腦海裡迴盪，像一卷永無止盡的影片，不停的在心魂播放著，畢竟失去的，是自己身上挖出來的血肉……

左邊那個戴著太眼陽鏡的叫阿義，夥伴們公推他長得最為帥氣，對於這一點他不否認也不承認。倒是藏在墨鏡後方的眼神，彷彿總張開雙翅，飛回他在桃源區的深山老家，那裡有他最崇敬的祖靈、永遠難忘的初戀，還有那些無法抹滅的童年歲月，這些都私藏在山巒的起伏裡，有著專屬他一生一世的記憶。

問他們這一班是什麼班？

五個男人在藤架下方，笑得花枝亂顫，比起秋天的向日葵，笑得更加陽光燦爛。同樣來自山林的阿源說，他們今年專種百花果，執行長有過允諾，如果今年豐收的話，會獲得高額獎金喔。

「就叫我們『百香果班』吧！」副班長阿富這麼說。阿富在介紹自己的名字「長富」時，說自己原本擁有又長又多的財富，只可惜在八八風災時，全被大水一口氣沖流走了，只留下一無所有的他，來到農場搏一口飯吃，希望大家多多照顧啦。

「百香果班，上工了。」

最後說話的是有分量的顏班長，他是從山上遷居下來的牧師，一生篤信上帝，他認為，農場的工作，是上天賜予他們一個重生的機會，從黑暗裡窺看到了光明。

五個加起來三百歲的男人，看著藤架下方，開始有些小小果實探頭看看人間，他們彷若喜獲麟兒，笑開了一張張老臉。

阿義本名曾金義，八八風災還沒來臨前，他住在桃源區勤和里，那裡曾是南橫知名景點，位在崇山峻嶺的懷抱，到處都是瀑布急流，彷若想快點見到情人的熱切，一下子就從山崖高處飛奔而下，奔入山巒寬廣的胸膛。

談起在山上種田，與在山下有什麼不一樣？阿義的魂魄，此刻好像又被召喚回到老家，山上的一切一切，全都在剎那間奔回到了眼前。他打趣著說，勤和聚落有一千多公尺高，在山上工作，根本不用怕毒辣烈日的襲擊，天氣涼爽得不得了，他勞動時從沒流過汗，彷彿汗水就在體內凍結起來。哪像在平地農場，天氣熱得人都要悶出毛病來了，還得努力工作，讓汗水奔流。

阿義一邊剪裁果架上的枝蔓，一面談起四年前那場風雨。勤和聚落大多居住布農族人，村莊不大，依傍小山溪流築建。阿義清楚記得，八月八日那天，無來由的滂沱大雨，從前一天起就像瀑布般從天上奔流下來，下著滿山滿谷的瀰漫山霧。

雨愈下愈急，把村落旁的小溪一下子餵飽，溪水很快漲過了溪面，翻過了堤防，直闖入村莊的主要道路。阿義說，道路很快就被溪水大口吞食，村人都被張牙舞爪的洪水驚醒了過來，大家忙著抱起剛出生的小孩，扛著中風的老人，眾人奔出家門，攜老扶幼，死命地往高處跑。

阿義原本在藤架上忙碌的手，這時停了下來，八八那天的情景，也彷彿被時間凍結在那最危急的一刻。阿義帶著我回到那天上午淹水的村落，我首先被冷冷的溪水，凍得毛細孔都豎立起來，而後我轉頭看到村落上方的小山，開始向我和阿義這個方向，急急傾斜了過來，接著是村莊裡大人小孩張開大口的尖叫，快速鑽入我的雙耳。我和阿義與村人們，沒命地往前奔逃，落石與沙土像西北暴雨般往我們身上嘩嘩倒下……

「山就這樣在我們眼前崩毀了下來，也不和我們好好商量，就這樣說崩就崩……」阿義的語氣，聽得出當年事發當時，他滿腔莫名的憤懣。

他說完後，彷彿多年前的那場災禍，早已被歲月一腳踩踏了過去，什麼事都像雲煙般流逝。他又去忙著百香果果園的繁瑣工作。他心裡始終惦記著，五條好漢一年來的汗水澆灌，終於要誕生他們一生最美好的果實……

在果園裡走動來去的副班長劉清祥，來自那個已從地球表面消失的小林村，他臉上有其族群深刻的印記，他與許多的小林人一樣，都是平埔族人，手腕往上彎的時候，有著刀切過般的微微跡痕，是遺傳吧！體內的血，流自祖先最早的血液，流過自己，早流到下一代。

如果副班長沒開口訴說他的生命故事，很多人都以為他只是個看起來面容老實，做事實在的農夫而已。他歷經過八八風災掀起的命運巨大波濤，差點讓他粉身碎骨在命運的懸崖邊。所幸他存活了下來，卻與許多人一樣，胸膛裡的血肉被人挖起了那麼一大塊。那樣龐大的疼痛，始終會在夜晚最深處發作，把他從惡夢裡喚醒。

此刻阿祥坐在藤蔓架下方休息，但陽光還是太灼熱了，燙燒到他的肌膚幾乎冒出煙來，他只好躲在附近低矮的樹下，躲進不大的樹蔭，希望可以遮陽蔽熱。只是再怎麼躲避，就是躲避不了命運的追逼，該來的還是會來。

多年以來，阿祥是在越南工作的台商，一年裡幾個大節慶的日子，他都會回到高雄小林村的老家，小林是阿祥的血肉根源，媽媽、太太、小孩都住在這裡，不回來他可以去哪裡，他不想做個沒家可回的浪子。

那年父親節，說巧真巧，阿祥的太太帶著小兒子，飛到越南去找他，逃過了命運的劫難。但大兒子卻從學校回到小林老家，在電話裡，阿祥交代他要在家裡陪著阿嬤，千萬不要亂跑，爸爸過幾天就會回去，看看阿嬤和你了。

「他真的很乖，很聽我的話……我親愛的兒子沒有亂跑，他那天有待在家裡好好照顧阿嬤，他會永遠陪著阿嬤……」在太陽底下，阿祥說起這些，五十歲的大男人，淚水與記憶哽咽在喉嚨裡，無法說出口。

兒子和母親全都埋在小林村裡，連最後一眼都無法看到。他趕回台灣直奔老家，只能遠遠地看著灰飛煙滅後的一切，整個村落只剩孤伶伶的沙丘，什麼都沒有了。他和其他小林村的人守候在封鎖線前方，只要有直升機過來，每個人都像搶跑百米競賽般，飆跑到最前方，詢問摯愛家人的下落。

只是所有人心底都知道，再也沒有人會從村落裡走出來……

阿祥嘆了一口長長的大氣。

風災之後，老家煙消雲散，為了守候僅存的家人，他只得來到農場，不停地彎腰，不停地把手中的種籽撒播地上，讓更多的生命在大地裡昂揚活著。他心底想著，那些逝去的人們，日後都會以一種新的生命，展現在眾人的眼前。這也是阿祥為什麼後來到農場工作的原因。

阿祥多想見到逝去的兒子和母親……

在大地上搖曳新的生命風姿……

日落時分，島國南方的毒太陽，終於肯收斂光熱好好歇息，並且急速變臉，在一天即將結束前，陽光轉變得如此溫柔。

夕陽從藤架上方，灑放絢燦無比的霞紅，將百香果班的五條好漢，映照出回家的背影……

漂浪森林

那綠意盎然根深柢固的森林，真的會像吉普賽人四處流浪嗎？
大樹兄弟們從山上流浪到平地，下一次又將漂流到哪裡？

我的原住民好友說，就算森林不會流浪，但是從八八風災後，原住民就像一株株的樹木，沾滿泥土的根莖，竟然長出雙腳，被迫要從山上徒步到廣寬無際的平原，開始新的生活。

族人們就像一座哀愁凋萎的森林，吃力地往山下搬遷移民……

我第一次到永齡農場，看到那道漂流木牆，用力攫抓住我的視線，心裡浮現起森林竟然有一天會成為流浪漢，他們無家可歸，只好四處漂蕩的困窘景象。

那年狂暴的大雨連下數天數夜，洪水壯大成一隻巨大的手掌，一株株連根拔起滿臉歲月及鬍鬚的根莖，讓森林瞬間從山林裡不見蹤跡。就算森林以往如此愛戀大地及祖靈，還是不得不流著眼淚，滿懷憤恨地離家出走，

大水隨後將整座森林打包帶走，從高山的深處，一路浪游到溪河兩岸，甚至到達了海邊，看看大樹一輩子不曾參觀過的沙灘風景。只是離開了高山，森林不再是森林，而是一根根斷枝殘木，被拋棄在礫石纍纍的岸邊，只有海風吹來一聲聲帶有鹹味的嘆息。

記得有次在國道開車時，竟然看到高架橋下方出現一座小小的漂流木山，原來森林失去豐沛的元氣後，被大水沖潰，屍疊成山，無法卒睹。只是坐在車裡的我，無法想像茏濃溪山谷的森林，在那年仲夏，究竟遭遇如何悲慘的命運，連雙腳都被截斷的樹木，如何到處流浪呢？

最近再度來到農場，我下車細看那道有弧度，彷彿會轉彎的漂流木牆。牆上的樹木，真的都失去四肢，只剩下中間的樹幹。我伸出手撫觸它裸露出的年輪，我隱隱約約聽到大樹兄弟們，一一回報他們的滄桑歲月。

「我是最年輕的傢伙，活了五十年，看盡白雲蒼狗無盡變化。隔壁那位則在山

林裡待了上百年，吞吐山嵐雲霧，愈加蒼勁挺拔。你看最遠處的老哥，他高齡三百多歲，聽說從金髮洋人登陸這島時，他就已頂天立地在山林裡，撐起綠意滿天的巨大傘蓋……」

「沒想到，那一年我們都被大水摧枯拉朽，渾渾噩噩地被帶到這陌生的地方，連太陽都如此生疏。兄弟，這裡究竟是哪裡？我們到底變成了什麼怪模樣？」

我沒有勇氣告訴他們真相，畢竟命運最是無情，在山谷裡稱王稱帝的森林，如今被開腸剖肚，在眾人面前公開他們一生的記憶。

牆上的樹木，真的都失去四肢，只剩下中間的樹幹。我伸出手撫觸它裸露出的年輪，我隱隱約約聽到大樹兄弟們，一一回報他們的滄桑歲月。

只是，我應該把他們帶走，帶回祖靈的懷抱？還是就如此楚囚相對，一個人和一堆孤木，一同在山林裡，相看兩不厭？

那天晚上，我夢見布農族作家霍斯陸曼．伐伐[7]他已離開我們多年，卻仍是一臉笑意，無懼命運的挑釁。他伸出手來，以堅定的語氣，引領我向前走去，走入山峰的深處探險，追尋山林裡最大的祕密。他說：

「你不是想探看荖濃溪上游的森林？你不是想一窺究竟，他們究竟為何要流浪？不願待在山上？」

他話還沒說完，我們兩人像是身上裝了翅膀，身子一躍而上，如同飛鳥在空中穿飛，振翅飛越荖濃溪的上空。伐伐告訴我說，這溪的布農族語為「laku laku」，老祖先們老早透過古語警告，這是一條凶猛不定的河水。從空中看，牠彷彿一條穿山越嶺在大地眠睡的惡龍，一旦被風雨喚醒，牠馬上化身為一隻擺動龐大身軀的巨怪，濺起的水花，如同狂飆的海濤拍岸，溪流兩邊的山林瞬間蒙難。

我們來到了一處山谷，伐伐用手指著前方那片蒼綠蓊碧的森林。只要山風吹動，無邊無盡的綠意，都會微微晃動，如同一幅山水畫走到你眼前。

伐伐說，「laku laku」的上游就在玉山東北麓，那急流穿走山崖，有時在山壁上奔躍成嘩然的瀑布，有時溪河在山林間平靜湍流，安靜地像是入睡的嬰孩，誰也無法吵醒他。他在圓月星光的呵護下，一暝大一寸。

我們漫走在陰暗的森林，山嵐陪我們一同前行。一棵棵上百年的老樹，在兩旁呢喃囈語，他們悄悄細語，一百年前，天地就算在夏季下起暴雨，也不過是雷聲大雨點小，嚇唬山下死老百姓，給萬事萬物一個小小警惕。只是一百年後，天地大神著實發怒了，臉色一變豈止天地撼動，驚雷狂雨齊發，根本不顧萬物性命，壓根就是要滅絕人類，連我們都要陪葬……真是可憐啊……

伐伐帶我來到一處懸崖，彷若就是世界的盡頭。森林在這裡止步，月光在此處暗淡，尤其懸崖下方，高地上的森林，像是被誰在一夕之間全部偷走，光禿禿的大地，只有一片寸草不生的荒蕪景象，讓人心底竄入如冰的冷風。

「不是森林想走，而是他們全部都被洪水帶離養他育他的大地，月光之下，天地間了無生息……」

7 霍斯陸曼·伐伐（布農族語：Husluman Vava），漢名王新民，布農族作家，曾任教職，致力以文藝創作推廣保留布農族文化，更以《玉山魂》一書，獲得台灣文學獎。二〇〇七年因心肌梗塞逝世。

「那該如何？」我憂心地凝望著伐伐，好像他會給我一個滿意的答案。

他沒說什麼，只用手拉著我，我們再度飛到空中，只聽到強風在耳畔沙沙作響，我突然發現星星和月亮真的就近在咫尺，隨手可抓起一把閃爍的光團。伐伐的手中突然多了好多種籽，我攤開手上，發現我掌裡也有。他示意我該如何做，我們把種籽，一把把從空中灑放了出去。

沒有亮光的夜晚，突然像是飛滿了螢火蟲，夜空中都是成群結隊的光點，不停飛繞，好不美麗。原來從我們手中，飛落地面的樹木種籽，是充滿光亮的希望，幼苗總有一天會鑽出地面長大成樹，在大地上再度撐起無邊無際的綠意，他們將不再流浪。

「那你呢？你的魂魄還要在天地之間浪遊嗎？」我轉頭看著伐伐，卻發現他早已消失在夜空中。

等我飛到地面上，從我的夢中醒來之際，他的聲音從山谷那邊傳來：

「我從不選擇流浪，我一直在玉山的懷抱，陪著祖靈補天煉地……」

那天，我再度來到農場，我特別走過去和那道漂流木牆，低聲說了悄悄話。我說，我到達過你們世居的祖靈地，見過你們的祖先，那些和雲霧結成好友的大樹，迄今還在我的心底高聳入雲。你們不要難過，你們只是短暫被命運遺忘。現在漂流到平原，就先作待在平原的打算，生命總有撥雲見日的時候，你們有一天，一定會重返那片蓊蓊鬱鬱的森林聖地。

被嵌入牆中的漂流木，起先默默無語，只是我發現在他們一圈又一圈的年輪上，最中心的那個點，像極了一顆淚珠的形狀，沒多久，她無聲無息滴落了地面。

我知道那是大地的漂浪者，一聲又一聲的嘆息……

山歌

我第一次聽到布農族的「八部合音」，是在平地上的一個表演會場。

那其實是一座南方小城市裡的公園，四處都是文明的房舍、操場以及一道道阻擋情感和視線的看台圍牆。在這裡望不見一座高山，沒有雲霧、急流和瀑布的節奏配樂，只有準備看熱鬧的人們，喧譁聲四起。

布農族人進場的時候，沒有引起任何騷動。他們穿著傳統服裝，或許和其他族的豔麗顏色無法相比。他們看起來如此平凡，平凡到你記不起他們的容顏。只是你絕對絕對會記住他們發出的合唱聲，穿透你的耳膜，震碎你的左右心房。

族人們蹲在地上，舀起酒壺裡的小米酒，一面作喝酒狀，一面開始唱起歌來。此時我親眼見到山嵐，從大地的四面八方急急湧來，我駭然發現自己已被帶到山林裡，聆聽這場表演。他們從身魂裡發出的歌聲，一波高過一波的合唱，像翻天撲地的海浪，衝向你單薄的肉身。然後，他們召喚出每一座高山裡的祖靈，與他們手牽手圍著大圓圈，高聲頌唱天地宇宙的禮讚。

大合音結束時，現場沒人發現，早已換上另外一隊原住民的表演。有人徐徐下台，有人趕著登台，如同人生一般演出如儀。族人們迅速離開，像是海水退潮時，捲走沙灘的上一切，不留下任何造訪過的痕跡。

只是，我發現自己還留戀在山頂巔峰，在雲霧裡歡顏歌唱，完全忘了下山這回事。

直到歌聲止歇，我才察覺人去山空。

我只好依循殘存的記憶，哼唱剛剛的山歌，緩緩從想像中的高山，一步步險象環生地攀岩下山。

自從那次以後，我距離布農族的八部合音，愈來愈遙遠，彷彿隔著千重山萬重水。我後來去讀了台灣文學研究所碩士班，所內要求選修一門地方語言，我選擇布農族語。一位個性極好的牧師先生，前來教導我們。我聽得出他在部落裡，應該是大合唱的首席歌手，但高手不輕易炫技，他從來沒有在同學面前，吟唱過族裡的古謠。

直到我在農場年終晚會時，再度遇到牧師先生。他與族人在台上一同獻唱，照樣沒人注意他們的隊伍，他們快速上台下台，但仍被我看出了他們是飽受日月精華淬鍊的高手，彷彿站在山峰最高處，用生命吟唱。他們演出後，我跑去後台請教他，族裡在莫拉克颱風後，仍有人用那種獻出生命的方式歌唱嗎？

「族裡怎麼會沒有人歡唱？唱歌與小米酒，是我們血液裡湧動的DNA。風雨愈大，我們的血液，唱和得愈大聲……」牧師先生回答我，並丟回我一個問題。

他說，你猜，族人都在哪裡練習大合唱。我不假思索地說，在山林任何一個角落，族人們仰頭凝望著聖山，用清唱的方式，打開身軀的小小窄門，獻出最純淨的靈魂，給大山給森林。

「相傳我們祖先最早在瀑布的最前方，練唱八部合音，配合大自然最優美的旋律，召喚出我們喉嚨裡藏著的美聲之祕。我們九個人跟著水流的聲韻，從最低階的音符唱起，分三批音階，愈唱愈高。」

「彷彿一開始，只是一條狹小的山谷清溪獨自歌唱，到匯聚所有山林湍流的小溪歌聲後，大合唱成了滂沱無比的湧流瀑布，從至高的懸崖飛墜而下，最後成為一潭清水，又歸回大自然的平靜無波……沒人知道，這裡曾經發生過驚天動地的歌聲革命……」

晚會後，人們短暫的喧囂，很快全都消退而去，廣場又恢復到毫無人煙的空曠天地。我和牧師先生，坐在農場辦公室前方的漂流木椅上，抬頭仰望夜空裡的千萬顆星辰。每一顆星星都是天空發亮的眼睛。每隻眼睛在黑夜裡，穿透迢迢歲月，緊緊盯看人間所發生的任何事，從不漏失。

「牧師先生，你在學校教我們布農族語時，應該還沒有發生八八風災吧！」

牧師先生點了點頭。

他說，那一年風雨說來就來，從不事先走漏消息，或是在網路臉書上，發布自己行蹤的最新動向。他們從天而降時，幾近歇斯底里，彷彿要和人類社會徹底攤牌，一舉手就掀起滿掌風雨，壓向南台灣的山林天地，沒人逃得了風雨幻化而成的怪異巨掌，只能逃多遠算多遠。

那幾天牧師先生世代居住的布農族部落，和其他原住民遭遇的命運一樣，土石流奔騰而下的地方，就是部落的中心心臟地帶，如西北雨般落下的碎石黃土，正中許多人的房舍。如果不是聚落長老在夜裡被狂囂的風雨驚醒，及時在天光照射進村落的那一瞬間，叫醒族人盡速逃命，他們的一條條魂魄，可能老早和小林村的人一樣，長埋在土石堆底下的最深處。

驚逃時，每個人臉上驚惶不定，彷彿被什麼惡獸一路追趕，從山上逃竄到山下，一顆心忐忑不安，他們也不知如何逃出來，全身只帶著糾纏不已的雨水奔下山，什麼東西都沒帶，一生的家當和祖靈，全都留在那戀戀不捨的山林裡。山林中的雲煙飄渺處，藏著他們童年最歡樂的容顏、初戀的甜蜜，以及成家時堅定不移的意志……

那段歲月很快地晃過眼前，牧師先生和大部分族人，在恍惚之間，已被撤退到山下較安全的聚落。他們搬進一棟很大的學校禮堂，每個人都有一個臨時用睡袋鋪好的床位。但是風雨不停不停地猛力拍打禮堂，有時狂風呼嘯，惡獸很可能隨時就會撞破堅如巨石的牆壁，吞食禮堂內的每個人。

半夜裡，牧師先生八十多歲的老媽媽，突然被噩夢驚醒，她可能看到探頭進來的風雨惡獸嘴臉，無法深深入眠，孝順的牧師先生只好哼唱以前老媽媽唱給他的搖籃曲，哄了老媽媽進入夢之國度。那晚他徹夜難眠，想著如何趕走這糾纏的風雨。

第二天接連著第三天，彷彿不曾停歇，天神還是用盡力氣傾倒雨水，彷彿要將整個天國的積水，全都流洩到大地上來。牧師先生形容，雨水從天空猛烈降下，下成了一匹匹咆哮的大瀑布，到處都是湍湍的流水聲，四處是狂風暴虐山林的景象。他和幾個族裡的長老談好了，如果大雨仍然不停歇，他們想開始對上天吟唱八部合音。

「你們要對著上天，吟唱八部合音？」我充滿好奇地詢問。八部合音原是祈禱小米豐收，如今卻向天神喊話？

「族人本來就藉著歌聲，與山神祖靈溝通。在風調雨順的時候，我們祈禱小米豐收，在風雨狂暴的時候，希望天神聆聽到我們渺小的心聲……」

牧師先生說到這裡，此刻我望向前方，農場上擁擠一片密密麻麻的漆黑，偶有蛙鳴喧叫，最後卻全都安靜下來。

我想像牧師先生等九個耆老，走出禮堂，走入如箭矢般射下的雨陣，向上天宣示布農族頂天立地的態度……

那個晚上，九個耆老站在大禮堂的前方，對著族裡的聖山，開口清唱。第一位吟唱的耆老，歌聲低吟，像大地震動時所發出的微聲鳴叫，音調相當低沉，卻聽得出歌聲裡的情感，他以身為人的卑微身分，向偉大的天神祈求，請祂千萬要讓萬世萬物有個活躍的生機，過多的雨水，只會讓物種滅絕。

第二層歌聲在第一層歌聲上築建了起來，不但高了幾個音調，更有四個人加入清唱的行列，聲音磅礡豐富，情感意志堅硬如鐵，他們唱著祖靈及山神會護衛他們的森林，護衛他們的魂魄和肉身，他們會抵抗大水惡獸的侵擾，邪魔無法取得最後的勝利。

在第一層第二層歌聲仍在吟頌之際，第三層既輕飄又有大山一般力量的歌聲，彷彿從天而降，這聲音聽似柔軟卻有著鋼鐵般的立場，在天地柔軟與堅硬之間取得平衡。歌聲裡唱著，他們將與天地和諧相處，不畏懼任何勢力的威脅。最後的大合唱，九個人同時合成一個音階，彷若幾座小山串連成綿延壯闊的山脈，其歌聲蓋壓過外面滂沱雨聲。

事實上，牧師先生聽出雨勢漸漸凋萎，直到天際射下第一線曙光，所有黑暗的輪廓，全都被照亮了起來，耆老們的歌聲還在唱和著，雨聲逐漸停歇下來。

直到最後一顆雨滴，在八月十日滴落下來……

山歌也從五年前，一直吟唱到現今我的耳畔……

歌聲並且持續穿山越嶺，直到無邊無際的歲月盡頭。

蝴蝶與陽光

所有人都睜大了雙眼，看著那隻蝴蝶在陽光的映照下，緩緩拍打她紫色晃動的雙翅，飛成一陣眩目奪人的紫影，飛過所有人的眼前，如同一道暗夜裡急閃而過的光芒，飛入你的眼眸，飛進你的魂靈。

農場開闢時，聽元老級的員工說，他們在還沒整地前的崎嶇地面上，放了幾座貨櫃屋，有時員工工作倦累了，就先在貨櫃屋裡打個盹休息，讓身體四肢停下辛勤的擺動，讓它自然充電，陽光與氧氣會提供所須的一切。

農場在眾人汗水的揮灑之下，後來都逐漸成形，旁邊的永久屋區也一個個落成，幾個貨櫃屋無可用之處，就都被收走了，只剩下一個，孤零零一個貨櫃屋，作為貯存械具及常用物品放置的場所。

直到農場上如同動物小窩般的圓弧型溫室，一間間在地平線上浮現。用上游礫石築建的兩座大倉庫，則成了農場上最鮮明的地標，如同兩座聳立的小山丘，擋住了所有襲擊農場的風雨和酷陽。而那座暫時放著物品的貨櫃屋，就成了必須清除掉的垃圾。

那天，老員工們把封存了一段時間的貨櫃屋打開來時，竟然飛出了一隻顏色斑斕的蝴蝶，還有一抹藏在暗黑裡的陽光。

農場的人首先討論那一抹亮光，是如何被鎖進貨櫃屋的？也有人說，它根本不是陽光，只是鏡子或者一些可反光的物品，將外面照射進去的陽光予以反射，否則光線怎麼會被關鎖起來？隨後，這道光又和蝴蝶雙雙穿飛了出去，雙方像是一對共謀者，長期埋伏在不見天日的密閉空間裡，隨著人們把貨櫃屋打開後，雙方才如影隨形掙脫禁閉。

眾人七嘴八舌談論著，後來連布農族平埔族的射日傳說，也都被拱了出來。射日傳說其實不是某個特定族群的神話，島內不少原住族都有射日英雄的說法，故事大同小異，情節和神話原型，與中國的后羿射日故事十分相像。

說起兩族的射日傳說，要從遠古說起。平埔族的傳說是，那時世界有兩個太陽，一個負責白天的照射，一個在晚上值班。兩個太陽溫度卻是一樣高溫難耐，他們輪流烤曬大地，任誰也受不了，許許多多的悲劇就在這樣的氛圍下產生。

一對雙親，眼見孩子被曬成一層薄薄的皮肉，黏貼在他瘦骨嶙峋的骨架上，被風吹得滋滋價響。父親看著孩子嚥下最後一口氣，心肝在一瞬間被扯裂成千片萬片，隨風飛揚。他知道殘害兒子的凶手是誰，他決定要以一生

用上游礫石築建的兩座大倉庫，成了農場上最鮮明的地標，如同兩座聳立的小山丘，擋住了所有襲擊農場的風雨和酷陽。

一世的力量，讓加害者加倍奉還。

父親看著遠方，他知道要為兒子復仇是一條千辛萬苦的天路歷程，比上天堂下地獄，更難上千倍萬倍。只是無論如何兒子的血債都得由酷日來承擔。他背起弓箭，走上遙遠的山路，聽說太陽住在極高的山頂，他得用盡力量爬上那裡，選擇最佳時機，親手射殺那個吸走多少魂魄的惡日。

為了避開烈日的攻襲，復仇的父親好不容易找到罕見野草，編織成避開高溫的風衣。他並且選擇黑暗將盡的清晨時分，在日出的前一刻，他摸索著黑夜及山丘的輪廓，攀爬上山頂，站上只容一人的高峰，強烈的山風吹得他幾乎站不住腳，但他還是盡力拿出弓箭，在旭日即將在山峰露臉的那一時刻，他射出了那強而有力的一箭，太陽的哀鳴，連遠處的山谷都為之震動。

布農族神話在此巧妙接續了平埔族的說法，父親將太陽射殺之後，受傷的太陽從山巔處摔跌下來，光芒剎時整個收斂起來，太陽一下縮變成了光亮不再的月球，她只能映照正牌烈陽的光及影子。從此她像個小跟班似的，跟隨地球與太陽之間忙碌打轉，日復一年，千年萬年永恆不變。

傳說聊完了，農場天空卻淅淅瀝瀝下起雨來，大家看著屋簷滴下一連串雨滴，串連成弧形瀑布，嘩啦啦垂流下來。眾人不管雨下得多大，談興正起，開始討論現今的陽光，是否變得更形瘦弱，否則怎麼會這麼輕易被關鎖在貨櫃屋裡，闖都闖不出來。

有人故作沉思狀說：「太陽與月亮很像是孿生兄弟，其中弟弟漸漸凋亡，弟弟只有靠哥哥的光芒，微微映射出光亮。也或許哥哥看著弟弟凋萎，自己過度傷心，光芒漸漸失去氣力，很容易就坐困愁城！」

「那陽光被關鎖了，那為何連蝴蝶也被關了起來？」

「可能貨櫃屋要暫時封關起來時，陽光與蝴蝶一同趁機飛溜進去，等到想逃出來時，貨櫃屋已陷入一片黑暗……」

那個腦袋裡最會想像的布農族人，開始編織起他們族裡不曾擁有過的神話，把其他員工唬得一楞一楞，反正下雨天，說說傳奇編編故事，娛樂大家，未嘗不可。或許最早的傳說，就是祖先們七嘴八舌聊了出來，神話在舌尖譁然誕生。

那個黝黑的族人凝望下著絲雨的天際，娓娓道來他編織的故事。相傳「太陽」以前是族裡最威猛的勇士，太陽正是他的名字。他曾在山林裡獵捕過無數山豬，還獲得大頭目贈送他用野豬牙製作的桂冠，族裡沒有人比他還英勇，族裡有大事發生，一定是他第一個往前衝鋒。他有個相愛的女人，叫作「紫蝶」，是大頭目的獨生女，如同一個靈巧好動的小精靈，飛舞在「太陽」的左右。有「太陽」的地方，就有「紫蝶」的漫舞，他們是無法分開的情人，就算世界末日到來，兩人也會緊緊相擁迎向死亡的容顏。

那年族裡與異族發生爭戰，異族戰鬥力如同傳說中的神獸，其神力凶狠讓人望之心底發寒，他們砍下別人的頭顱時，眼睛從來沒眨一下，更毫無畏懼凝視敵人漸漸死去的眼神。異族不但要強占族裡綿延不盡的山頭，主要是迎娶大頭目的女兒「紫蝶」。大頭目和「太陽」怎麼可能答應這樣的婚事，於是，尖刀和利箭就在山林間掀起一場激烈的戰鬥。

「又是愛來愛去的這種老梗，可不可以換點新的情節！」年輕的族人，一副不以為然的樣子。

「你懂什麼，愛情故事原本就是神話的母親，有愛情才有許許多多的我們誕生！」頭髮如同一片白色芒草的長老，眼睛圓滾滾地看著年輕人，彷彿他的雙眼裡面就存積不少愛情篇章，可以讓年輕人盡情閱讀。

「快說啊！太陽與紫蝶後來如何了？」中年族人捺不住性子，想聽到故事究竟如何進展了

說故事的人看了大家一眼。他接著說，兩族戰爭遠比想像的還要悲慘。異族攻占了「太陽」他們居住的山林，擄走了「紫蝶」，大頭目的頭顱被懸掛在森林中的大樹，族人沒有人敢正視。輪到「太陽」要被行刑了，他被押到瀑布邊的懸崖，「紫蝶」被逼著要觀看，好斷了她愛他的念頭。

劊子手的彎刀快速地落下，但他砍斷的不是「太陽」的頭顱，而是從天空射下來的天光，「太陽」竟然化成了一絲一縷的陽光，現場沒發現他的屍體及頭顱，從此也沒有人再見到他。「紫蝶」看著「太陽」憑空消失，她二話不說，掙脫侍衛的綑綁，從懸崖處縱身躍入那百丈高的瀑布，整個人與銀河般的白練化為一體，後來異族頭目也遍尋不著「紫蝶」的遺體。

「相傳現場有人看到一隻紫色的蝴蝶，從瀑布邊飛出，而盛傳『太陽』也化身成一陣陽光，升上天際。異族頭目只好帶著悲傷離去。」

說故事的人，停下了語氣。雨勢也跟著停了。圍在貨櫃屋旁的眾人開始討論這

個神話的真假，有人覺得不可置信，也有人覺得故事很好聽，浪漫得讓聆聽者全身的雞皮疙瘩，全都站立了起來。

倒是故事多麼好聽，貨櫃屋內的東西還是得清除，他們進入屋內展開打掃。遠方也開來了一台吊車，要把貨櫃吊走。

此刻，灰雲向四方散開，天空射下了璀璨的天光。

有人看見紫色的蝴蝶與那抹亮光，朝向前方的山脈，一路飛去。

回家的山路

回家的山路，如同縷縷斷腸，垂掛在半身不遂的山巒上，隨時會崩壞，隨時會消失不見，成為夢境裡的朦朧記憶。

通往回家的路，理應讓人安全無虞。如今卻讓人進退不得，如魚刺鯁噍在喉。家，真的那麼遙遠到無法抵達嗎？

對於在農場工作的阿義來說，小時候總以為回家沒什麼困難，走半個小時的山路，就算很天遙地遠了。大部分漫走五六分鐘，就可以在山路的盡頭處，眺望到亮起昏黃燈光的家，阿義知道家人，正以溫暖的心，在客廳靜心等候他。

長大後，阿義回家時卻老是遭遇到悽慘的雨季，每每還沒到家，大風大雨與土石流，就已搶先一步踏入山區老家，大加肆虐。風雨不但掀翻屋頂、推倒圍牆，更過分的是，有時土石流還衝進家門，占領客廳一整晚。年少的阿義，除了與天空一樣低聲啜泣外，沒有更好的方法，解決氣候暴力的問題。

等到人們更加年長了，才發現歲月在你我身上，留下走過的足跡，頭上如同溪畔芒草的髮絲，就是殘留的鐵證。

就在那麼一天，「家」就在阿義眼前，隨著大水滔滔衝來而灰飛煙滅。連回家的路都找尋不到了，後來阿義回到猶如廢墟的家中，只發現一扇殘缺的木門，只要風稍微一吹動，就被吹得震天價響。阿義與妻只得搬到農場附近的永久屋。

現今通往回家的山路，有時可以通行，有時卻因雨季落石紛紛，只能短暫封路。阿義只能先行在心底，緩緩鋪設那條回家的路，從記憶深處一路穿走回家。那些瀑布、懸崖、飛鷹等老風景和老朋友，依然近在咫尺，隨時可進入。熟悉的山嵐煙霧，仍舊是一生最好的玩伴，童年父母忙著農耕時，都是這些好夥伴，溜入屋中陪他入睡。

殘酷的現實，是生命裡始終揮不去的陰霾。此刻，從農場要回家的阿義，他的車子在距離家鄉三公里遠的半山腰，再度停了下來，前面的山路坍方，細石泥沙如西北雨般，傾瀉而下……

阿義很想擦掉從眼眶中掉落的淚水，時間緊迫不容許如此浪漫。後座妻子懷抱中的小寶貝，因落石的聲響而驚醒，妻子不斷安撫剛出生不到半年的小嬰孩，眼中流露出對現況的惶恐，終究掉下的落石，在不遠處如落雷般轟隆隆響著。

阿義得先把妻兒護送下車，再來處理淚流的俗事。

阿義望著落石如細雨般滾滾而下，垂掛在臉頰上的兩行淚水，也隨著碎石滾落下深不見底的懸崖……

另一個無法回家的是老劉。

住在小林村的老劉，其實無家可回。

八八風災時，小林村被一座崩坍的山，壓扁成了一片石礫砂堆，災後此處只有沙塵飛揚，以往曾經那麼真實存在的城鎮、街道以及民宅，都成了海市蜃樓裡的朦朧夢境。

當老劉紅著眼眶回家時，越過封鎖線，奔回小林村時，「家」早已灰雲煙滅。他實在看不出一片石堆中，他老劉的家到底位在哪一角落，占據了多少石塊的面積。每次提到這事，老劉語氣中，總怨嘆自己做得不夠多，不夠好。

如果那天他沒叫大兒子在家陪母親，他們可能會外出，兩個人還有一線生機，逃出那轟天震地的劫難。如果他提早一天回家陪母親，至少不用天人永隔，他可以永遠陪伴兒子母親，不讓他們兩人在地底下孤單地，面對永無止盡的黑暗。

老劉的心底，有太多「如果」。他常想，這些假設「如果」都成為事實的話，那麼母親與兒子的命運，就可能有所轉變？他與他們的人生，就可能不再錯肩而過，而是走向長相廝守的方向？沒人給老劉一個正確的答案，連上天也都無話以對。

如今每天在農場操勞的老劉，下班後，只想回到附近永久屋社區的「家」。這個家比小林村的老家，狹窄多了，周邊也沒有綿延到天際的山巒。唯一讓老劉舒坦的是，他的太太和他一樣躲過四年前的劫難，小兒子更一瞑一大一寸健康活潑地成長。他們在新家裡用生命的熱情，澆熄老劉日復一日對母親及大兒子加倍的想念。

至於小林村的老家，老劉不是沒有回去過，每回去一次，心肝都碎裂一次。回小林村原址的山路，都很平順，不像阿義那般得經過坎坷遭遇。反倒是在生命記憶裡，回家之路，才更加彎彎繞繞，部分記憶不忍記起，只好假裝迷路。老劉得經過內心好幾個大轉彎，才能到達靈魂裡那個永恆的家。

重建會雖然在紀念中心那裡，替每戶打造一座鑲有門牌的紀念碑，還是有許多人和老劉一樣，費了九牛二虎之力，來到那片廣闊無比的峽谷，地底下幾十公尺處，就是眾人朝思暮想的那個村落，老劉的「家」就在他腳下無言冬眠。

老劉憑著記憶，隱約找到自己家的位置，然後趴在石堆上面，和媽媽及兒子，說了半個小時的悄悄話，他的淚水滲進身子下面的大石頭，最後滴落在母親及兒子的身上，他們會讀到他眼淚裡包覆的無限思念。

老劉多想就如此隨著淚水，鑽入地底，與兩人永遠同眠。

阿義護送妻兒，站在路旁，與一群人等

災劫過後的這幾年，回家的山路始終補補修修，彷若是個無法痊癒的傷口，雨季來時，那傷口就會喊痛，山路就得再修補一番。

待落石西北雨的結束。警察這時趕來，吹著哨子指揮現場交通。慶幸的是，掉下來的多是碎石，並沒有龐碩的大巨石。路面上看來無礙交通，還可以繼續通行。

他再度靠近小嬰兒，看著她剛大哭完後安穩沉睡的臉，他的心比任何時刻還溫暖。那次災劫失去老家後，原本心情陷入谷底，好在父母回到桃源重建老家，這次回去就是要慶祝老家終於落成。他和妻聯手打造的第一個小生命，也在一個月前呱呱誕生，得帶回老家，讓阿公阿嬤瞧瞧小娃兒的模樣。

阿義的車子再度行駛於蜿蜒的山路上。沿路上不時可看到怪手在挖填地面。部分山路一半通行一半封閉，他的車子得先停下來，禮讓對向來車通行。災劫過後的這幾年，回家的山路始終補補修修，彷若是個無法痊癒的傷口，雨季來時，那傷口就會喊痛，山路就得再修補一番。

無論一路上經過多少坎坎坷坷，山路始終會開到盡頭。就在車子快接近老家時，遠遠就可眺望到老家亮起的昏黃燈光。那光芒再度喚醒他的童年記憶。他知道七十多歲爸爸媽媽，正以溫暖的心燃燒門前的一堆柴火，好讓小寶貝回家時，不至於被山風吹冷。兩人在客廳靜心等候阿義他們回家。

回家的山路，看似搖搖欲墜，看似隨時崩壞，最後化為記憶裡，閃爍的黑白膠卷。

家，真的那麼遙遠到無法抵達嗎？

阿義的車子在山路搖搖晃晃中，最終迎向自己的老家。

老劉在夢境裡，成為移山的愚公，以一己之力，搬走所有的大小石塊，重新走上回老家的迢迢路程……

原來只要懂得在生命的路口轉彎，家就在燈火闌珊處，等候著每個人開啟家的門扉……

卷三　藏溪的人

六龜　甲仙　寶來

藏溪的人

一名被歲月燻染得滿頭花白的阿伯，和我站立在橋畔。我瞧了一眼阿伯的白髮，猶如秋季占據河床的芒草，在河畔搖曳她們的風姿。

我們一同凝望著沒下雨時，只剩幾口氣喘息的溪河。

兩人壓根兒無法想像，大雨來臨時，溪流是如何變成昂揚傲視的惡龍，吞吐旁邊的陸岸，踐踏人們的家園。

「事情都過去五年了，到現在溪畔還是無法恢復元氣，彷彿還待在加護病房，滿身都插滿維生的管子。如果我有魔法，我還真想把這條溪流藏起來，假裝所有的事情都不曾發生……」

我心想，一百多公里的溪流，到底要如何把它窩藏起來？

就算有通天本領的魔術師，施展魔法，將河流以一時的障眼法，讓它消失在眾人眼前。但畢竟溪頭、溪尾以及溪身，綿延彎繞河谷如此之拋頭露臉，短暫的遮遮掩掩，只躲得了一時，躲不了一世，很快就會曝光露餡。

在這寬廣的天地間，要把溪河藏在哪裡，最末都會被看見，像人們常說的俗諺，一隻鴕鳥把牠狹小的頭，悄悄地藏進細沙裡，牠自己看不見聽不見，就以為自己已消失在世人面前，牠卻是大地上最鮮明的活動地標。

只是，天地裡沒有任何事情不可能。

我就遇過有人把溪河，窩藏在他們左心房右心室裡……讓溪流在心底暗黑處，蜿蜒穿繞。

那是個連陽光都難以照射進的靈魂深處……

和我一同看溪的阿伯，他是我常來這裡之後所結交的朋友。我們共同興趣，看溪、看山、看人，就是從不說話，我彷若是和一顆石頭，觀看溪河的變化。反正，我也愛寂靜，不喜歡嘴雜話多，舌頭一擾動，紅塵是非難免都會飄飛到心裡。

阿伯和許多這裡的人一樣，害怕溪水一夕之間變成奔竄的巨獸，任何人都無法阻擋牠的貪婪。只要一聽到颱風吹襲而來的消息，他就匆忙跑來探看溪河的臉色，我則有空來看看他老人家，還有許多人心中的那條溪流，觀察風雨掀起的洶湧浪濤。

這幾年來每次沿著荖濃溪岸，走訪六龜、寶來以及甲仙，總覺得與十多年前大不同。那時這裡觀光旺盛，交通暢順，周六周日時，一長排車陣總是在小鎮前方，打了一個又一個車結，要等上一兩個小時，才可以進得去鎮內，分享溫泉小鎮的熱鬧與暖意。

只是晃眼十多年過去，被異常氣候餵養長大的颱風，幾次攻勢凶猛，荖濃溪飽嘗變身的苦痛，原本只是蜿蜒的小溪，最後卻化身成惡獸，從夢裡飛天竄地而出，道路被牠的雙翅猛力擊毀，小鎮被巨龍擺尾掃蕩一空。如今車子沿著溪岸的小鎮而走，如同開進一座人去樓空的荒城裡。

大白天的，不要說街上很難尋覓到遊客身影，就連當地人也都不知躲到哪裡去，大街上沒有幾個遊走的人。我心想，遭遇災劫應該只會鍛鍊人們更加勇敢面臨殘酷現實。只是這裡，這裡，實在太荒涼和冷淡。我車子經常停在加油站旁休息，計算來來往往的車輛，一個小時只有兩三輛汽車，就算機車也不超過五台，看他們匆匆忙忙的模樣，像飄飛而過的白雲，都只是路過，沒有幾個人真心想留在這裡。

其實常來這裡，心裡知道此處的建設早掙脫風雨的陰沉。風災過後，政府加上民間不曉得投資多少經費，只想把這些地方的建設一一救回，救回觀光業，救回這裡人們閃爍不定的心燈。只是恐懼像是會傳染的病毒，既強烈且勢不可擋，就算大水早已不敢越雷池一步，人們都只站在這條路的對岸，望向迢迢的另一岸，遙想過去的美好，卻沒人敢真正站起來，把不安惶恐拋擲腦後，勇敢地走向河的另一岸。

我和那個頭頂上依然有霜雪落下的阿伯，又在六龜橋前方站了一個小時，兩個人依然不說話，只偶爾各自和小河簡單聊幾句，阿伯又回到自己居住的小地方，把自己的心門關鎖得緊緊的（究竟上了幾道鎖沒有人得知），不讓任何人進出他的記憶庫房，他實在不願再看到溪流，在每個人臉上流下淚水，那實在是太哭斷肝腸，他年紀太大，再也無法承受生命的生別死離……

我知道，我和阿伯依然有緣，我看著他的背影離去，我隨即開車沿著河谷再度走了一遍……

我凝望眼前，穿繞過彎彎曲曲河道的溪河。溪流裡矗立不動的小山丘，活像個光禿禿的中年人，拒絕綠草的擁抱，拒絕藍天的溫柔，寧願在河川上孤獨等待，等待那群傳說中，終究會來找尋他們的石頭兄弟。

我的心依舊走進了迢迢的千山萬水，猜想眼前這條河，究竟要在人們的心底藏到什麼時候，才願光明正大地潺流出她應有的節奏及溫柔？

畢竟，這樣的大河藏也藏不了多久，就像每個人的祕密，總有一天會攤開到陽光底下，仔仔細細地曝曬開來。

那天我尾隨阿伯，來到六龜鎮區，原來他在市中心開了一家麵攤，賣了二十多年的陽春麵，餵養了不知多少當地人及外來遊客的肚腹，也讓一家人過了大半生的平安日子。他原本以為自己的一生就這樣安穩度過，不會有什麼大風大浪的顛簸。只是四年前那場災劫，打亂他一生一世過好日子的盤算，讓他每每一聽到雨聲滴下，彷彿挑動了他的五臟六腑，心裡開始忐忑奔竄，一顆心活脫就要跳出胸膛，和眾人相見。

他看見我走進麵店，沒問我要點什麼，就兀自煮了一碗麵給我，然後他就像一個老友，二話不說地坐在我面前。我隔著熱騰騰湯麵所冒出的熱氣，盯看著他，他不覺尷尬，竟不等我應答，自言自語就說起那年八八風災的事。

阿伯說，八八風災之後，六龜對外的橋梁、道路以及隧道，全都在一瞬間，被那條惡意的溪河全都沖毀了。在地人進退不得，只得困在自己的鎮區。他活了六十多歲，第一次嘗到被圍困的滋味，六龜人像是被關在鐵籠裡的老鼠，慌張地四處亂竄，好在最後沒有演變到老鼠啃吃同胞手足的慘事。

阿伯每天都走到橋梁斷裂處，計數大橋被惡毒的水龍咬斷了幾截，然後和對岸的人揮揮手，對岸那頭的人跳不過來，這岸的人躍不過去，近在咫尺的兩岸，竟成了千里萬里遙遠。他一顆心懸在斷崖處，被冷風天天吹打，始終清閒不得。大雨未下前，阿伯妻子的肝病復發，送到高雄市區大醫院急診，大雨那幾天，妻在兒子陪同下留在院裡安養，只有他還在老家守著，只是守著守著，守到了妻斷氣的消息。

那幾天，他看溪水裡的萬馬奔騰，他內心浪濤拍岸無法入眠，妻過世了，他卻連去奔喪的機會都沒有，等路稍微可以通行了，他繞了好遠，到殯儀館時，剛好是黃昏時分，他帶著一抹悲傷的夕陽見妻最後一面，她的身體在冷藏室裡，被人工冰塊凍得冷若冰霜，他再也認不清妻的臉容。

那天開始，他仇恨這條家鄉的溪流，像怨恨一個誓不兩立，擁有不共戴天之仇的敵人。只是飢餓的問題，比什麼都來得迅雷不及掩耳，飢腸轆轆是敲醒身體慾望的不速之客，市區裡糧食老早被吃得精光，像是饑荒歲月裡的糧倉，連老鼠都餓得慌，只得把積存的食物全都搶上嘴來啃食一番。

阿伯的麵攤子每天還是有人走進來，一臉菜色要麵吃，好像阿伯是個魔術師，他一定會施展魔法，替他們變些食物來，餵餵他們的腸胃，否則對不起賣麵人的職責。最後他跑去7－11，把店內成箱的泡麵全都扛回家，煮給家鄉的人吃個夠。他看到整個麵店，飄滿熱騰騰的煙氣，煙氣最後撲向自己的臉上，成了半邊臉頰的水滴，不知情的人看，還以為阿伯流下滿臉淚水。

六龜對外道路終於通行的那天，他站在搭起的臨時橋邊，迎接送回來妻的骨灰罈，他不再流淚了，他知道淚流成河也無法挽回什麼，倒是他看到長期合作的麵粉廠，送來一袋袋的麵條，他開心地笑了，天際上整個陰霾的雲層，瞬間散開，射進暖洋洋的晨光。

阿伯的故事說完，我的麵也吃完，碗底什麼都不剩。

兩人還是默默無語走出麵攤，來到早已修好的六龜大橋旁，看著如同天上奔流而來的荖濃溪，湍湍溪水，流過眼前。

阿伯不說，我也知道，他終於把藏放了四年多的溪河，從心裡流放了出來，難怪今天的溪流格外澎湃，只是荖濃溪還很有分寸地，沿著河道向前走。

世界不就像每條溪河一樣，都得往大海或是目的地的方向奔流前進?!我心底如此想著，只是有時難免會碰到狀況，那不是溪河可以控制，也不是她心之所願。

我們和世界依然得持續前行，莫忘初衷，莫忘那些哀愁和遺憾，只是千萬不要被它們所牽絆，地平線還在最遙遠的方向，呼喚著我們往目的地前行。

我瞧了阿伯一眼，他頭上白髮的面積，似乎有減少擴張的趨勢，仍有一小撮黑髮，在陽光下清晰可辨。

燒煉重生的心

近兩年前，我在一場文化巡旅的活動裡，認識了藝術家李懷錦，那時他蓄留著短鬍，聲音低沉，臉色像外面的天色灰重，看起來不快樂。

那天下午到達他的工作室時，灰雲鋪天蓋地而來，接著下了一場滂沱大雨，還不時雷電交加，彷彿八八風災的複刻版。我看見李老師的雙眼裡，閃現對狂暴風雨的惶恐。

他很坦誠地說，八八那陣子真的嚇壞所有寶來人了，以後只要風吹雨下，噩夢就堂而皇之地走進他們的生活裡，夢裡還可聽見嘩啦啦的水聲，從遠方急速地沖激而來。

那次造訪李懷錦老師時，名為「檨仔腳」的工作室，還只蓋了個簡陋的雛型，一切都百廢待舉，尚待熱情燃燒。李老師在風雨中幫我們解說。我了解到李老師不是高雄寶來本地出生的人，但是他的雙腳，早就像大樹的樹根，在寶來的大地上生根發芽，寶來成了他唯一的故鄉。

李懷錦不是王寶釧，卻堅持留在這看似窮山惡水的天地，一留就長達十八年，和寶釧妹妹一樣，苦守寒窯六千多個日子，他們的內心同樣心酸酸淚直流，卻只能盼望著明天的到來，或者主動出擊，徹底改變自己原本的宿命。

李懷錦左等右等，等不到他的薛平貴，倒是等到了好幾個颱風，凶猛地掀翻他的家。暴漲的溪水，急急切切偷走他剛蓋好的新土窯，

李懷錦不是高雄寶來本地出生的人，但是他的雙腳，早就像大樹的樹根，在寶來的大地上生根發芽，寶來成了他唯一的故鄉。

他的創作全都讓溪水帶走，一件也不留給他。

他歷經三次颱風而搬家多次，猶如新的游牧民族，逐颱風而居。新家卻始終一而再再而三，成了溪河裡晃盪的倒影，他甚至開玩笑說，他早就忘記最初搬來寶來的家，究竟長什麼樣子，心裡著實也不想記住它，畢竟工作室不知被大水沖倒多少次了，他把工作室所有的創作，都留給溪河去閱讀。

他的眼淚流過，他的肝腸哭斷過，他的微笑及熱情一度被急速冷藏過，他的腳步，卻也不曾離開過寶來半步。

他相信，寶來就是他的家。

十八年前，李懷錦剛從台北搬來寶來時，還是個意氣風發的藝術家。他還記得自己站在六龜的山谷上，刻意被山上的冷風吹拂，整個人卻格外神清氣爽，他眺望四周一望無際的山林風景，心想一定可以為自己打造藝術生涯的巔峰傑作。

李懷錦不喜歡待在繁鬧囂吵的大城市，都市裡總豢養出各種慾望的妖魔鬼怪，專吞吃許多人的靈魂及肉體。他不喜歡成為這樣的鬼魅，他至少要活得有尊嚴。他帶著全家人逃離大都會，來到最遙遠的六龜寶來創作藝術，避開所有喧譁的流言，只相信雙手，能開天闢地，創造專屬自己的藝術生命。

李懷錦在寶來的第一個工作室，選在半山腰的梅林築建，那裡空氣清新，山嵐山霧帶來整整一座山林的靈感，任由他肆意取用。他每天面對旺盛躍動的大自然，創作力如同瀑泉般湧動，他獨創寶來鹽燒，榮獲全國十大經典窯燒。他還為寶來規劃未來的願景，他提出以石頭雕刻趣味盎然的「百寶圖」，讓旅人們藉著地圖，到寶來按圖索驥尋寶。

所有的夢想都還在他的腦海飛翔時，大風大雨就接二連三地光顧台灣這蕞爾小島，風颱剛跨進家門，就把他所有的美夢，用力撕裂開來，剎那間灰飛煙滅。

那個噩夢最早在二〇〇四年開始成形，先是敏督利，隔一年是海棠颱風，兩個巨颱好像形成聯盟般，陸續前來台灣到此一遊，雙方可能還在島嶼的邊緣互相擊掌打氣，馬拉松地為這島掀起暴風急雨，暴怒的大水，差點沖走他的工作室。

他趕緊找了一處新地點，新柴窯不但已經蓋好，周邊環境更整理出小橋流水，再加上經營多時的梅園，可說如詩如畫，他還以為惡運，就此離他遠去。豈料風雨彷彿中了魔著了道，就是想拿他開刀。新建的寶來窯在二〇〇八年初夏時，被卡玫基颱風包養的大水，沖毀個精光，只剩人還在，整個工作室像墜落在地球的流星一般，化成千萬碎屑，李懷錦苦笑地追憶那年悲痛的過往。

二〇〇九年的莫拉克風災，對李懷錦的災情來說，只是雪上加霜。他目睹荖濃溪水像頭巨獸般昂揚咆哮，咬斷所有寶來對外橋梁，巨獸還把洪水繁衍到寶來大街上，他知道那一天，是寶來人的最痛，是綿長噩夢的開端，寶來人從此一聽到雨聲，洪水就沖進夢中，把每個人的家全都帶走，揚長而去。

八八如雲煙般過去了，殘碎的家園仍得有人出來完整拼湊。李懷錦參與永久屋的社區重建工

麵包窯烤製的特色餐點麵包，不但餵飽他們飢渴的腸胃，並且讓他們的心，在山林裡更加暖和，不怕冷風的吹襲。

作，各社區始終無法集中力量，他還是選擇回到寶來，在寶來橋的這頭開始營造「樣仔腳文化共享空間」，在他的想法裡，社區重建工作，就是要當地的人共同投入，這樣才會激盪出大家對這塊土地的深濃情感。他決定用最傻的方式，走入災後重建的道路。

距離上次看到李老師，已經是兩年前的事了。這次再去探望他，我們的車子開在蜿蜒彎繞的山路上，一路上仍有怪手在河床上施作工程，轟隆隆的聲響震耳欲聾。只是陽光璀璨，此刻的絕好天氣，讓人忘了這裡曾發生抹不去的災劫。惹禍的大水，如今只剩幾縷氣息，還緩緩流動著，事實上溪河也很害怕再提及往事，只匆匆流過，不再逗留現場。

車子駛過近一千個日子的歲月流轉，「樣仔腳文化共享空間」便在我們的眼前。人都會長大，而房子建物呢？我想應該同樣會成長茁壯。兩年前來到「樣仔腳」，它不過只是一間蓋有鐵皮屋頂的臨時建築。

多年來經過李懷錦的號召，許多地方人士前來自力造屋。地方上的老人家，在建築師林雅茵的帶領下，他們以古法砌出了「樣仔腳」的周邊土角厝和黏土牆。李懷錦說，這些傳統工程，召喚寶來人對於地方的共同記憶及情感，用眾人的雙手，築建出記憶裡的老房子，「文化共享空間」也在此彰顯出它的意義。

「樣仔腳」不止分享了老記憶，還共同分享了技藝以及地方美食。李懷錦集募寶來人的力量，打造傳統的「大灶」，用來煮製祖先傳承下來的美食。社區前來上課的學員，共分為陶藝組、大灶輕食組以及植物染組。陶藝組的學員在這裡學習捏製陶器，輕食組的學員負責在大灶煮製麵條，讓眾人果腹。

另一個「麵包窯」，只要有遠方

歷經多年的學習，李懷錦以及寶來人，不再流行掉下淚珠，他只想與寶來人，用雙手在「樣仔腳」重建眾人記憶。

到來的客人，就有隨著山風飄來烘烤披薩的濃濃香味，款待來此參觀的賓客，麵包窯烤製的特色餐點麵包，不但餵飽他們飢渴的腸胃，並且讓他們的心，在山林裡更加暖和，不怕冷風的吹襲。

擺放在「檨仔腳」最裡面的「柴燒窯」，就是李懷錦的祕密武器了。

歷經多年的學習，李懷錦以及寶來人，不再流行掉下淚珠，他只想與寶來人，用雙手在「檨仔腳」重建眾人記憶，更在「柴燒窯」裡，寶來人以高溫，替自己及眾人，燒煉一顆顆重生的心。

那顆顆熱騰騰冒煙的心，可是抵禦從山上急瀉而下大水的最後絕招。李懷錦笑著說，他可是練習了十八年，才驅走那個糾纏他多年的噩夢。

噩夢裡水龍惡狠狠地猛撲向他的家人，直到每個寶來人亮出他們重新燒煉的心，水龍碰到高熱，剎那間癱軟成一堆無用的水，溪水四溢，噩夢在瞬間被終結，變身為美夢。

他相信明天開始，寶來人在夜裡，將會孵出一個個有藍天也有白雲的清亮好夢。

當小米遇見愛玉

許多動人的生命及愛情故事，都是這樣開頭的……

當《紅樓夢》的賈寶玉在如夢似幻的大觀園裡遇見林黛玉，當《殉情記》裡的羅密歐在一場化妝舞會裡邂逅茱麗葉的靈魂，當西方電影裡的莎莉在每個生命的轉折時遇見哈利。兩個人的愛情，從此天雷勾動地火，彼此靈魂裡只有一個身影在晃蕩，開始燃燒自己生命的一切，獻祭給天地一份火熱滾燙的愛情……

在遙遠的南台灣偏山寶來村裡，更有一個穿越山嵐瀰漫，穿越迢迢時光的愛情故事。今年五十多歲的吳玉英，在四十多前搬來寶來時，就已愛上當時還無憂無慮，只有雲霧會前來散步的小鎮。人與土地的愛戀始終是無邊無際，沒有期限的約束，也不怕海會枯石會爛。

直到吳玉英與先生戀愛生子成家，原本以為愛情到中年就會寂靜無聲，吳玉英卻找到了讓小米與愛玉這兩種不搭軋的植物，讓他們有了邂逅相愛的機會。

吳玉英同時找到了生命裡新的愛戀，我後來也不相信，自己和她一樣也愛上同一種味道。

你想聆聽嗎？

當小米遇見愛玉，在多雨多霧的山中小鎮，他們相逢了，我們也和他們相繼邂逅。

生命裡從此有了繽紛如焰火的豔麗，短促如櫻花開落，卻在每個人的心裡年年盛開，日夜懷想……

認真說起來，第一個應該要說的是我如何邂逅「小米愛玉」這兩種截然不同的植物，如何在一個小碗裡相遇的小情節。這一切又要說到八八風災，彷彿二十一世紀之後

我看著碗裡，漂浮一坨相親相愛的小米，看來更像外太空星雲的造形，綿密黏合團結一起，彷彿永不分離。愛玉則像融化的北極浮冰，到處在大洋裡漂流，澄黃色方塊狀，相互激情碰撞。

的南台灣山林，那年八月八日成為一個災難時代的紀念日，許多事情都得推到那一天，昔日的時光從那刻起停止擺動，另一個時間點，從那刻起誕生了它應有的姿態。

八八風災過後兩年，我與一批文藝界的好友來到這遠方小鎮，小鎮彷彿藏在山林的最深處，且由山神吐出一條長長的山路，載我們上去才能抵達。說遙遠其實不遙遠，只是待在城市久了，山林的呼喚聲愈來愈微弱。

我們只得耐心等待機緣的來臨，才與這山水有重逢的時刻。其實八八風災時被風雨折裂的那些山路橋梁，在幾年前早都已修築好，只是有些人的心，兩年後仍然是破碎難全，只有在夢裡，在昔日的過往裡，那些心才是完好如初，不曾有絲絲裂痕。

當我們來到寶來時，正是冬季灰暗午後，既潮溼又冷涼，心底冷得不踏實，直到當地人帶我們來到寶來中正街的咖啡愛玉專賣店，品嚐入口即化的沁涼愛玉小米，一切冬天的氣息好像就暫時收斂了起來，空氣竟瀰漫夏天的味道。

我看著碗裡，漂浮一坨相親相愛的小米，看來更像外太空星雲的造形，綿密黏合團結一起，彷彿永不分離。愛玉則像融化的北極浮冰，到處在大洋裡漂流，澄黃色方塊狀，相互激情碰撞。看來碗裡小宇宙開始成形，是小米與愛玉各占一邊，楚河漢界，界線畫分得很清楚。

我的湯匙一撈，這些界線全都模糊了，一粒粒微小的小米與塊狀的愛玉，開始有了第一次親密接觸。兩者滑落到我嘴裡，更激盪出創造宇宙的大爆炸。小米像顆粒分明的魚卵，在口腔裡爭相噴發她的柔軟。原本分開的愛玉，開始結合成一大塊黃色的冰原，碰觸你的舌尖，挑釁你的味蕾，不要說舌頭癱軟了，連心也都沁涼了起來。

那晚寶來的星空，彷若我與小米愛玉愛戀的心情，璀璨而明亮，有一整串的銀河在心裡閃動光芒。

隨後我有兩年的時間，沒到過寶來。

在這七百多個日子裡，最常在我記憶裡伸展手腳的，竟是只吃過一次的小米愛玉。那是兩個不同天地結合成一個宇宙的口感。小米像是天際上的繁星，愛玉則是大地裡分分合合的冰原，分開或聚合都是一種無法言喻的美麗。像是被大地上最沁涼的午後微風，輕拂過臉面，在剎那之間，見識過天地的寬廣，走入一整座山林的綠意，追尋滿山遍野嵐煙的蹤影。

我從此心裡別無他戀，只愛戀一種原味。

兩年後，味蕾的記憶開始發酵，小米愛玉的滋味，在我的心底深谷處喊我。我沿著那聲音的線索，再次走回那山林道路，來到位於溪河及山谷環抱的小鎮。寶來小鎮的街頭和兩年前一樣空曠，好像完全已被人們遺忘。但是我相信還是有人會想回來小鎮，像我就是其中一人，為了追尋山林裡的滋味，千尋百繞還是回到了原點。

我認出「寶來36咖啡愛玉」的招牌，走入店裡叫了碗小米愛玉。上次那味道太過迷人，竟然忘了詢問老闆的名姓，這次看看有沒有機會，和老闆說說話。她送了小米愛玉過來後，原本要去忙她的工作，我一邊看著碗裡的兩個獨立小天地，即將結合成一個大宇宙，心裡的歡愉從舌頭傳遞到靈魂的末稍，每根神經都興奮地舞動了起來。

我就算追尋到那無與倫比的滋味，但小鎮看來枯萎得像是冬季的林木，只剩乾枯瘦細的樹枝伸向天空，好像要找老天理論，卻又說不出話來。樹木失去了綠意，小鎮失去了人們，都是痛徹心扉的大事。我開口問了老闆吳玉英，她與這小鎮的來龍去脈，或許能發現若干端倪。

五十多歲的老闆吳玉英回憶，他們全家四十多年前搬到寶來時，她還只是個小女孩，寶來尚未開發，她看到一座隱身在山中的飄渺小鎮，不時有山嵐跑進屋子裡，讓她驚聲尖叫。直到公路局的道路正式延伸進來，才帶動了小鎮的發展。有公路的地方就有人潮，寶來又是進入南橫的入口處，人們開始在這裡開店營業，再加上溫泉的發現，小鎮一夕之間，成了遊客蜂擁前來的地方。

吳玉英全家和整個小鎮都開始忙碌了起來，他們開起農場，接待起遊客。日子就像頭上的白雲那樣悠悠飄過，吳玉英長大成為少女，沒幾年她結婚成家立業，人們隨著歲月而風華變換，環境也隨著時光步履而有所變化。

一九九九年九二一大地震之後，政府為了維護山林的水土保持工作，要求山上只得從事與林木相關的行業，不少農場關門大吉，吳家面臨轉型，吳玉英有一陣子心情低落，只好轉行賣衣服。

後來她發現寶來、桃源山區有不少地方栽種愛玉，南台灣也有不少小山丘種植小米，小米栽種在低海拔山區，愛玉則在高度較高的中海拔山域裡成長，這兩種可能一輩子老死不相往來的食物，卻發生了美好的邂逅。

她第一次不小心把完全不搭軋的小米愛玉亂放一起，卻從此改變了自己的命運，她嚐到滋味時，彷彿被高壓電電擊了自己的舌頭及味蕾。她只知道，自己進入了一個全新的味覺宇宙。後來很多前來寶來的人，都指定品嚐這種山林裡唯一愛戀的滋味，而且一愛上就捨不得分離。

吳玉英沒想到小米愛玉，一撐就是五年不長不短的時間，讓她不致從生活的懸崖狠狠摔落，反而順利走上人生的康莊大道。只不過，命運總是喜歡挑戰順遂的人生。在吳玉英開設咖啡愛玉專賣店，第五年的生意有了起色的時候，八八風災如同一隻大白鯊嗅聞到鮮血的滋味，穿游了過來，在她的噩夢中一口就咬下她的小米愛玉，任她怎麼搶奪，最後都是同一種結局。

八八風災時，老公在醫院治療，吳玉英與女兒被困在寶來小鎮，那天看到直升機從空中飛來，寶來人帶著一張張愁悵的臉，在轟隆隆的螺旋槳旋轉聲中，魚貫登機，吳玉英心底有被撕裂的巨大疼痛，但她從高空裡看到自己住了四十年的小鎮，那麼整齊地排放在大地上，她知道她會有回來的一天。

那天去找吳老闆時，寶來的天空是我看過有史以來最明亮的一次，澄藍的天空，藍得不能再藍，藍成一種夢幻的顏彩。飄飛的白雲，以仰游的身姿，游過寶藍色的天際。

我吃完最後一口的愛玉小米，腸胃的迷你宇宙正在成形。

吳玉英有些難過地又裝起堅強的口吻：「八八風災之後，生意差得無法想像，遊客總是不想進來，但生活還是得撐下去啊。誰叫我愛上了小米愛玉這種滋味，總得再幫她尋找知音。」

我走出了「寶來36咖啡愛玉」的招牌，心裡只浮現著一句話：

許多動人的生命及愛情故事，都是這樣開頭的……

她們像繁花似錦一般，在你心底綻放如花般的笑靨，年年盛放，日夜懷想。

紫色芋頭的歡歌派對

人們有雙腳可以行走，在災難來臨時，還可迅速逃離災劫，撿回在命運懸崖垂危的一命。那麼栽種在土地上的芋頭呢?!如果突然遇到大水洶湧而來，他們應該怎麼辦？

他們應該狂呼叫喊「救命」?還是只能束手無策，等待集體溺斃？

一位長年在芋頭田裡工作的朋友，聽了我的胡思亂講後，用廣告紙捲起了長條形的紙棍，輕輕敲打我的額頭，好像我就是長不大的小孩，永遠認不清這社會的殘酷現實。

「你頭腦短路了嗎?芋頭遇到像八八那般的大水時，他們能怎麼辦?他們鐵定沒有活路的啦!人們都被大水圍困，被土石流深深掩埋，難道芋頭他們就會游泳逃難嗎？」

悲傷來襲時，芋頭兄弟們竟然無法發出任何聲響，只能無聲啜泣他們非死不可的命運。

只不過，當劫難成了如煙往事，這幾年芋田也重現一片豐饒景象。揮別了過去整個家族的悲戚，芋頭不再掛念那些令他們傷心的過往。擁有紫色肌膚的他們，只想眺望未來……

那一天，我的耳畔聆聽到細微的聲音，飛來繞去，但那聲音始終微弱不振，我只好整個人趴在地上，果然聽到地底下，傳來一片芋頭歡唱的聲音，我的眼睛睜得老大，比頭頂的太陽，還要肥碩，還要滾燙……

我朋友聽了，又拿起廣告紙敲打我的頭。

「你頭腦短路了嗎？芋頭是植物，怎麼會開趴唱歌？你這個混小子真的聽過芋頭唱歌嗎？你不是神經病，就是……」

話說芋頭有個好聽的家族名稱「天南星科」，彷彿是夜空天狼星的同族兄弟姊妹們，他們忽然掉落凡間而成為百花盛開的物種。該科的植物特性為單子葉片，還可以向陽開花，大多分布在天氣熾熱的熱帶區域。其球形的地下莖，被人們稱為芋頭，整株植物最有豐沛營養的地方，也集中在此處。

芋頭長年藏躲於冷黑的地底下，他的葉子如同植物界的太陽能板，大量吸收大地與日月的精華。他的外表造型雖不怎麼帥氣，他卻會開花，每逢花季，美麗花卉與清涼芋葉同時爭豔，如同青蛙與王子共存一體。

芋頭從很久以前，就已是原住民重要的食物。或許距離山林只有幾步之遙的甲仙小鎮，受到原住民的影響，他們在半個世紀以前開始在自家田地種下芋頭。尤其南橫公路開闢後，眾多遊客開始湧入此處，只為了探看南橫公路，飄飛山嵐與壯美山巒合而為一的美景。甲仙生產的芋頭，此時被遊客們聰明的舌尖相中，其鬆軟具有彈性的肉質，讓人入口即化。甲仙芋頭從此聲名大噪。

甲仙人頭腦靈活，再次把山神轉贈給平地人的這份禮物，好好運用。其中芋頭和冰淇淋的一見鍾情，衍生了讓人暑氣全消的新產品——芋仔冰，小鎮上開始出現一家家專賣店，而且一開就是數十年之久，歲月的幽幽流轉，更給芋仔冰增添彷若初戀般的甜甜滋味。

小鎮的芋田及街道，開始有了第一次的忙碌及連接。芋農忙著撒播種籽、照料小芋仔的成長，直到它扎根土地，在地底下默默集結勢力，形塑成塊狀的大個頭，壯碩得像個健康小寶貝，迫不及待地想要看見大地上的第一道陽光。

長大的芋頭，從泥土裡被挖出，首次受到日光的洗滌，芋農們逐一用清水洗淨他們沾滿黃泥的身子，隨後開始送到街上的店家，量身打造成為各式各樣的芋仔冰，替人們散去夏季裡燻人的熱氣。芋田就是這座小鎮的母體及臍帶，他們每天擠在田裡，笑逐顏開地享受甲仙芋頭打出的響亮名號。到了夜晚，他們在田地裡歡唱慶功，原來小小的個頭，一樣可以締造生命的奇蹟。

一切都非常美好，直到那天彷若從天而降下的大水，衝毀了河堤，淹沒了田地，澆滅了芋仔的夢，還有小鎮居民打造出數十年的繁華榮景，全都在大水裡泡成一片虛無。成千上萬的小芋仔，還來不及長大，就在地底下被大水泡爛，化為無數春泥。

在黑暗的世界裡，時間停止了轉動。

不知過了多久，不知歲月漫步了多遠，手錶裡的分針秒針終於再度開始走動，小鎮的人從無比的驚嚇裡，逐一甦醒了。人終究得面對現實，天還沒塌陷，地還沒裂開，人總得活下去。芋農望著一望無際，如同沼潭的田地，雖然只能搖頭晃腦，卻也瞧見仍有芋仔，從潮溼的土地裡，勇敢冒出一絲絲綠意……

被河水折斷的橋梁重新修建，被衝破的河堤拉皮整容，幾乎被誅殺九族的芋仔，仍有活口僥倖留存下來。芋田與小鎮的臍帶又重新被修修補補起來。芋田上也開始有了一把把小綠傘的出現，撐起自己小小的綠意天地。小鎮街上的人們更準備打起精神來，迎接災劫後的第一個假日。

一開始還有些零零星星的遊客，從四面八方晃了過來，只是南橫的道路一直沒有修好，讓不少人要來小鎮的驛動之心，如同冷風裡的炭火，熄熄滅滅，始終無法點著星火燎原。

街上的店家，不知發生了何事，只知走訪小鎮的人，一下子縮減了很多，上天彷彿變魔術般，把遊客從他們眼中帶走。如今來小鎮玩的人，用十根手指頭都數算得出來。不少人積累了滿腹的苦水，不知對誰傾吐。他們心裡怨嘆，難道遇到了這一場大水後，小鎮和他們的一生，就真的無法再翻轉悲慘的命運了嗎？

芋仔田的命運也好不到哪裡。那年的大水，至少淹掉芋田家族四分之三的成員，原以為家族再也無法繼續發芽生根。尤其他們最害怕頭頂上的陽光，變成酷日殺手，把他們家族烤曬個精光。災後的一段日子，撐不過去的芋仔，抵不住陽光酷熱的照射，家族又再折損了一大群的好兄弟。芋仔家族再度面臨滅種的悲劇，他們每天都有哭不完的眼淚，淚水如同西北雨傾瀉而下。

芋仔家族決定得和人們一同攜手合作，奮戰到底，面臨命運的挑釁，如果縮手就是死路一條，衝刺下去至少有條血路走下去。那幾天的晚間派對，芋仔長老替大家打氣，眾芋仔看著天上明亮無比的星月光，都感動地啜泣起來，長老們希望下一代子孫還能抬頭看見夜空裡的明月，不要在這塊土地上，家族被莫名滅了都不自知。

能呼吸的就盡量呼吸，芋仔透過身上寬大的葉片，大量吸入陽光與氧氣。在黑暗中奮鬥的芋仔根莖，盡量往地底下深入探險，吸吮大地最豐沛的乳水，努力一暝大一寸。

在甲仙大橋附近，芋頭家族始終在那裡生根茁壯，他們對著橋上的我們，揮舞上千萬隻可愛的紫色小手臂，剎那之間，那紫色彷若交織成了一片巨大的光影，讓我的眼眶泛滿淚光，無法睜得開。

那天晚間，我來到一片寂靜的芋仔田，只有晚風吹動芋葉的窸窣聲響。我找了一個地方，趴倒在黃泥地上，豎起耳朵傾聽地下芋仔家族盛大的歡歌派對。

節目的高潮正要開始，戴著紫色小皇冠的芋仔王子與公主，他們穿走過綿長的紫色地毯，小王子喜孜孜地宣布晚會正式展開。公主飆高音的清唱，唱開了每個人鬱卒多時的胸膛，原本黑漆漆的地下世界，全被芋仔的熱情點亮了起來。

「世界沒有那麼多悲傷可以製造……我們得找回最原初的生命歡愉……」小王子的話，撼動芋仔家族的每個成員，他們快樂地喝著紫色交杯酒，小口吃著紫色的餐點。

這時也沒有討厭的朋友，用廣告紙折成的長棍，敲打我的腦袋，叫我認清現實。

我比誰都知道，地底下的芋仔王國，全都是我一個人的想像及杜撰，這世界得多點歡樂，好趕走悲傷，帶來更厚實的希望。我了解，芋仔成員活得比誰都樂觀快樂，他們正唱起芋仔家族之歌，歌聲震天撼地，差點穿破地殼，直達天際。

天空突然下起雨來，我隨手折了一片芋葉，作為我漫走雨中的小雨傘。我沿著小路回到小鎮，打算去吃碗芋仔冰，讓鬆軟的芋頭與冰淇淋的邂逅，讓我心情更為舒展。

我轉回頭，看了一眼在夜色中的甲仙大橋，橋梁在燈光照映下綻放光芒，它的影子在水面波動搖晃。此刻我心想，人得學會很多事情，連芋仔的處事態度都值得學習，原來最平凡的東西，正是這個天地最重要的支柱，如果任意放棄原則，這世界會更加傾頽不安。

我相信有很多人和我一樣，想陪著地底的芋仔家族，在工作時揮灑血汗，在休息時狂歡高歌。

我和許許多多看不見的芋仔成員，在夜色中，一起朝向有亮光有願景的前方緩緩走去。

山谷裡的彩虹

「死亡三十二人，SOS……」

那年通往甲仙、六龜以及南橫公路的山路全都坍方，銜接山谷小鎮之間的橋梁，一夕間四分五裂，被大雨沖散得魂飛魄散。原本囂鬧的小鎮，頓時成了雲煙荒城，街上看不見人影晃動，只有冷風陣陣吹拂。

等到救援團隊前進到新發大橋斷橋處，那張寫著血淋淋求救字眼的大字報，插掛在橋梁外露的鋼筋上。單薄的海報，不時被陣風吹得渾身顫抖，猶如掉落水中的落葉，孤單飄零天地。所有的人看了，瑟縮在胸膛裡的心，情不自禁地啜泣起來。

有民眾的家人受困災區，特別來到岸邊搶天哭地，淚水流得比那天的大雨還要滂沱還要狂瀉。想去救人的救難隊夥伴，凝望頭頂上的藍天白雲，嘆了好長好長的一口氣。

每個人都希望在剎那間，從雙肩處長出一雙潔白羽翼，迅速飛越缺口長達上千公尺的橋梁斷裂處，探看被大水圍困的小鎮……搶救那些身魂早已癱軟的人們……

只不過，事實總是冷若冰霜。

跨越溪河的橋梁，彷彿凝著了瘋狂前進的大水，身上的水泥塊全被撕開成千片百片，殘留在河床上，還得忍受天天曝曬狠烈陽光的酷刑。

這些山林裡的橋梁，原本是跨越山谷裡的彩虹，那年八八風災鋪天蓋地而來，往昔璀璨的彩虹，卻一度成了人們雙掌裡，隨時被冷風吹散一地的碎屑流沙。

「爸比，你要帶我們去看山谷裡的彩虹嗎？……」

女兒很興奮地叫著。

之前，我和女兒說過胡掰的原住民神話，我說在接近中央山脈的山區裡，一眼望去，四周的山都是崇高峻嶺，一山還比一山高聳，部分山林還有溪河穿流彎繞，切割成危崖峭岩，要進入山谷裡，比登天還要難上千倍百倍，更不要說，每座山都有威猛的山神看顧著，你得經過山神們嚴厲的考驗。

山神為了讓原住民可以跨越這山與那山，或是河流與山谷之間的天塹，在下雨過後，特別灑下一道彩虹之橋，讓原住民快步通過。女兒聽得一愣愣，還說現在還有這些彩虹嗎？如果有的話，她想親自走過去。

我聽女兒問得認真，我只好俯首認罪，說現在山神不再為原住民搭起彩虹之橋。為了不讓她過於失望，我留了一些餘地。我說，隨著時代的進步，天然彩虹橋已經被山神收了回去，政府特別在綿長山路裡，蓋了好幾座人工的彩虹橋，每座橋都有不同顏色，一路開過去，就彷彿通過一道道彩虹橋。

「那我們可以過去看看？」

我點了點頭。女兒高興得手舞足蹈。

那時已離八八風災好幾年了，我心想，其實可以帶女兒去看看彩虹橋，看看異常氣候肆虐下的台灣，在風雨過後，滿是傷痕的山林，應該看得見彩虹，從陰霾的天際中緩緩升起。

我之前已去過台二十線等道路幾次，重建後的橋梁，當真各橋有各橋的專屬顏色，紅色、綠色、紫色以及灰色的橋，各種顏色加添起來，還真的串連成了一道彩虹，跨越險峻山谷、困頓人間，來到全新的生命天堂。

女兒沿路上原本很興奮，臉上像是浮起若隱似現的彩虹。只不過，隨著蜿蜒山路，愈來愈崎嶇不堪，有些山路上一半可通行，一半卻有怪手施工，女兒在車上，從山路的另一邊望了出去，看到千百公尺高聳的懸崖，白雲隨時都可握拿手上，她自己卻更像浮盪半空中。

女兒臉上的愉悅表情逐一消失了，她終於知道這裡的山路，像是一條架搭在兩座大樓之間的鋼索，我們走在上面，危危顫顫，好不驚險。如果有冷風吹來，隨時會有掉落懸崖的劫難。好在險難山路，只是一幕幕驚心風景，輕風一吹，一切都成了過眼雲煙。車子穿繞十多個轉彎後，山路終於平穩了些，藍天更藍，白雲更白。

一座座橋梁，開始走入我們的眼前。

「火山橋」是我們第一個停下來觀看的橋梁。這裡是連接杉林與甲仙的必經路段，楠梓仙溪在橋下奔流，此溪與荖濃溪一樣，靜如處子，動如巨獸。八八風災時，天空傾瀉而下的狂嘯暴雨，迅速壯大成龐碩水獸，從河面咆哮而起，四處張牙舞爪肆虐，讓山林小鎮，成了溪中的蕞爾荒島，無人可抵達。風災過後，一切雲淡風輕，「火山橋」修建完成，山路上的第一座橋，讓黑白的山林，逐漸有了彩色的想像。

「爸比，那橋上鋼梁，怎麼蓋得像是一頂帽子？」

我告訴女兒，這座橋依照媽祖霞冠的造型而建，橋上兩端的鋼梁向上飛揚，橋上路燈也隱約像是千里眼順風耳的形體，在橋畔靜靜守候，保佑此處不再受到大水侵擾。這橋因而叫「媽祖橋」。媽祖婆飛降山林，守候我們。

女兒聽了我的解說，雙掌合十，裝可愛地說，「媽祖娘娘好厲害，從大海到山上，都有她保佑我們。」

隨著車子不停前進，綠意盎然的山林迎面而來，綠色的大樹在災後，終於一棵棵再度復活，在人們及天地的拉拔下，他們迅速重生，也不再遮掩他們的原色，競相與人工橋梁的新色爭豔奪彩。我和女兒說，原來彩虹橋在此點燃了一場彩色的派對與競技。

紫色的甲仙大橋，無疑是這場競賽中獲勝的佼佼者，車子還沒開到甲仙鎮內，造橋者就用了幾筆創意的紫色潑墨，在天地畫布上隨性塗抹。那從大地芋頭所抽取的天然紫，不止在橋上留下了她的註冊顏彩，連整座小鎮都被她畫得紫意盎然。

女兒壓根不管我對大橋顏色的解說，因為天然紫早成了她嘴上快樂的泉源，紫色芋頭冰趁機告訴女兒，什麼是這地方最豐沛的天然資產，那便是來自大地的滋味，一切盡在不言中。

從大地飛奔上來的天然紫，在大橋身上，堂堂正正宣示了她無可抵擋的魅惑能力，在我心底留下了幾抹鮮麗的刻痕。

我們隨後來到了「新發大橋」，我告訴女兒說，這就是當年，被困的人們留下驚悚求救訊號的斷橋處。如今大橋修建好多年，巨大的綠色弧型鋼架，像一道向上昂飛的綠色虹彩，跨越正眠睡的荖濃溪，斷裂的地方早就隨著斷橋無影無蹤，當年悲戚的號啕哭聲，已停止在山谷裡的迴盪。女兒看了大橋一眼，發出哇的驚喜聲，「這橋好壯觀喔！好堅固的彩虹。」

這橋位於台二十七線，最先要面臨的是洪水來臨時，變身成首席惡龍的荖濃溪，滂沱雨季時不消說水量驚人，足以毀天滅地，就算枯水期，地底下看不見的伏流水，更是湍湍流動不曾停歇，是支隱姓埋名的溪流伏軍。此外，河床堅硬如鐵的鵝卵石，堆積如小山，寬大的河床更猶如一座會誕生迴聲的大峽谷，在在增加施工的難度。

「這橋可是鋼造的人工彩虹！」我開玩笑告訴女兒說，這橋是專門產鋼製鋼的中鋼公司所建，他們也有製造鋼鐵人哦！當然非同小可。為避開大水惡龍大規模的衝擊，整座橋只有一支堅固無比的橋墩，聳立河谷中。橋梁中央衍架更向上突起三十公尺，彷若一隻欲向上衝飛的綠色老鷹，就快飛上九霄雲外。

「爸比，山林還有幾道彩虹呢？」

在回家的路上，我們還經過了白色的紅水仙橋，灰白的寶來溪橋，還有大紅特紅的六龜東溪大

白色的紅水仙橋，灰白的寶來溪橋，還有大紅特紅的六龜東溪大橋，有些橋梁如同情人相依偎的造型，有些弧度如同半弦月，像極了女兒最愛的彩虹。

橋，有些橋梁如同情人相依偎的造型，有些弧度如同半弦月，像極了女兒最愛的彩虹。女兒恢復興奮的表情，一直用手指算著我們到底跨過了幾座橋。

「有幾座橋就有幾道彩虹……」女兒喃喃著說，她大概是累了，數橋的聲音愈來愈微弱。

山路綿長，女兒撐不到那最長最壯麗的彩虹升起，她就睡倒在座位上……

那真的是一道天然的虹彩，浮現在不遠的山谷處，那裡剛下了一場雨，雨滴映照出天地間的繽紛色彩，彷彿將所有橋梁的顏色都吸納在裡面，紅橙黃綠藍靛紫，好不美麗……

我還以為自己做了一場夢，還是我真的在夢中而不自知。

等女兒醒來，或是我醒來後，我會告訴女兒，山神真的在我們面前施了魔法，整輛車子沐浴在山林發亮的繽紛中，那些彩虹還飛進了女兒的雙眼以及睡夢裡……

我們的車子，最終跨越過那山林裡最炫亮的彩虹之橋……

我還看到山神，在山嵐飄忽裡，對我們露出一抹的微笑！

放下

「你們怎麼和一條河拔河啊？河流那麼綿長，力量又那麼大；你們那麼瘦小，如何和一條河比力氣?!」

年輕人很有志氣地回答：「好多大人都被這條河欺負，我們以前街上都很多人來觀光，現在連個人影都看不見，聽說都是被那條河害的。」「我們要和那條河單挑，和他比比看誰的力氣大……」

我經常一個人開車繞過台二十一線、二十七線，一路沿著荖濃溪以及楠梓仙溪逛遊，有時就當成是和溪流在競跑吧。常看到冬季枯水期時，溪河枯瘦得不成河形，你會同情他們為何如此營養不良，瘦骨嶙峋。但是，等到夏季一來臨，這些溪流都肥碩得不像話，甚至會搖身一變變成翻臉不認人的巨獸，到時你同情的會是，那些被透明水獸欺侮的人們。

常跑這些小鎮以及研究八八風災的結果，使得我對這些地方及人們，累積穿心入肺的一份情感，彷若我和他們是一同度過那場劫難的同胞手足。大夥兒歷經斷橋、交通中斷以及災後復甦等一生難忘的過程，那可是血肉摯親都比不上的患難兄弟。

最近在電視上看到一個小男生，揹著笨重的大書包，氣喘吁吁地跑過荖濃溪的河床，再跑過紫色甲仙大橋的橋面，小男孩一路上氣不接下氣，還要計算他跑步的時間，最後跑入一家便利商店。小男孩在店家規定時間跑完全程，向廠商領取飲料麵包，店長應景地說了幾句勉勵小朋友的話。

另外有部影片，講的也是這個地區的小故事，說小鎮經過風災後，有一所學校參加全國拔河比賽，地方各界予以最熱烈支持，成為地方重振雄風的精神象徵。我總覺得，災區現在最希望做的，是更多遊客湧入這些小鎮觀光，否則沿著溪河的一排小城沒人光顧，都快要成為荒城鬼域了。昔日繁華街道，如今剩下整條路的店家，每天開店後，就你看我我看你，面面相覷的尷尬窘境。

政府與民間都嘗試過很多方法，就是無法刺激遊客，一波波回到沿溪小鎮，重溫舊夢，舊夢彷彿是個泛黃的泡沫，你太靠近它們就全都在瞬間破滅。地方人士嘆息說，擁有無數美景的南橫不通，他們這些前哨小鎮都沒搞頭，只能坐吃山空，等著雜草叢生，占據一座一座小城。一朵朵澄靜白雲，依然飄過頭上，彷若這一切都只能等待歲月大師的出手療癒，再抗爭也是於事無補。

我想像出一個故事，或許哪一天，有群年輕人宣布，他們決定辦一場空前絕後的拔河比賽。比賽的對象十分與眾不同，是一群人與一條河。人與河究竟要怎麼「拔河」?!雙方不但體力懸殊，人數懸殊，更從來沒人辦過這類競賽，尤其溪河沒有雙手、沒有雙腳，雙方要如何比拚？

「我們覺得河流過分了些，在風災欺負地方兄弟父老，讓小鎮一直無法從災變的痛苦裡復甦。我們只想討回公道。讓溪河了解，誰才是命運裡真正的主角……」

年輕人的決心強烈，他們到處招兵買馬，準備好好行銷一番，趁機替小鎮重新打響知名度，讓大家知道這地方早就恢復往日元氣，根本不受災劫影響。我這時才了解到眼前年輕人，除了一張張稚嫩臉孔之外，還有一顆愛土地的心，原來和河流拔河只是一場噱頭，真正的用意，是讓沉寂已久的家鄉，再度受人注目。

單單年輕人要練習拔河的場景，就已吸引一堆電視台現場轉播車開來溪畔，車頂上像個小飛碟的衛星大耳朵，對著無邊無際的天空，要把這裡活動的訊息，以電波發射到島上的每個角落。除了近十輛轉播車堵住溪畔的入口處之外，攤販們也把溪畔廣場團團圍了起來。

我隨著一群如潮水般的民眾，來到入口處，繞過轉播車，穿行過攤販臨時形成的夜市，像在參加廟會活動般，懷抱朝聖的心情，來到了溪畔廣場。十多個年輕人穿著黃色制服，在一名壯碩教練的指導下，他們已就定位。拔河隊把繩索套在河邊一塊巨大的石頭上，看樣子是先想與大石拚比力氣，訓練自己團隊的拔河技巧。

我突然想起，以前在成功嶺當兵時，連上要參加拔河比賽，連長也叫我們把繩子綁在嶺上最壯碩的那棵樹樹幹上，大家用力拔著繩子，但是我們怎麼可能贏得了生根在土地裡的大樹？繩子紋風不動，我們累得滿身大汗。

在教練揮下紅旗的那一剎那，年輕人們有節奏地開始呼喊「嘿！嘿！」，將力氣一股股地灌注在那根繩子上。繩子上的紅三角旗，正好綁在年輕人與大石的正中間，看誰的力量大，三角旗就會移動到那一邊。隨著年輕人的聲音，愈來愈震天價響，連在場觀看的民眾也加入勢如破竹的加油聲。

只是，繩子這一端緊緊綑繫在巨石上，大石頭重達數百斤，怎麼可能隨意被人們的力量所撼動，原來人定勝天只是個口號，大自然的力量才是無遠弗屆。聽朋友說，這塊巨石原本在溪流較上游處，四年前那場史無前例的風災，讓巨石被更大力量的洪流帶來溪流中段，可見連塊大石都贏不了，如何與大河拔一場不可能勝利的比賽。

眼前年輕隊員們汗水如同瀑布般飛落，力量即將用盡，但繩子上的紅三角旗就是紋風不動，停在同一個位置上。教練適時地吹了口哨，隊員們才緩緩收起力量，停下了所有動作。

年輕隊員們滿臉通紅，卻洋溢著青春的氣息，原本在一旁連線的電線台記者，全都湧了上去，他們像是嗜血的鯊魚，把如利齒般的麥克風給堵了上去。

「你們是傻瓜嗎？為何一定要辦這樣有輸無贏的比賽，人與河流根本無法拔河，你們想用這樣的競技，表達什麼意見嗎？」

隊員們大多微笑因應，但都沒開口。代表對外發言的教練，對著十多支麥克風，將年輕人的說法，全都表達了出來。

綁在大石上的繩索，依然緊緊綑綁在巨石上，無論午後微風怎麼吹拂，它就是不動如山。

正式比賽的那天，來的人潮更多，還真像一波波不停打在岸邊的浪濤，溪畔廣場都擠滿人車，車子根本停不下，還得繞好大一圈停車，並且走一小段路，才進得了現場。我猜這大概是小鎮多年來從未出現的榮景。或許這就是年輕人想要的吧！用廣告行銷形塑小鎮。只是比賽該怎麼收場，考驗年輕人的智慧。

這次主辦單位幫拔河隊換了一批更猛的對手，他們選擇岸邊更大的巨石群，把繩子綁在此處。繩子的另一端當然連接年輕人團隊。他們代表小鎮的未來，將和一條大河拔河較勁，看誰的力氣較大，誰就是贏家。只是每個人心裡都很清楚，人怎麼能夠勝天，巨石怎麼可能被移動。

比賽結果，和大家預測的一樣，年輕人同樣拚得汗水淋漓，同樣精疲力倦，巨石群仍然不為所動，始終冷冷看著大家，彷彿他們很早就知道比賽的結果。年輕人團隊並不氣餒，現場的掌聲更為熱烈。現代社會喜歡悲劇英雄，喜歡人們挑戰不可能的任務。

年輕人代表上台說了話，她說，人們和溪河的拔河比賽，我們一定是輸的，但誰說比賽就一定要有輸贏，如果我們贏不了河流，為何不能和他好好相處？拔河只是一種認識對方，進而了解對方的方法，人們和河流和平相處，是一場漫長又艱辛的遠路，我們得要持續走下去。

年輕人說完了話，人們的掌聲，從四面八方湧盪了過來。

夕陽開始落入山巒後方時，我緩緩離開溪邊，人潮像海潮退去後，溪畔顯得相當寧靜。

整條溪河映照著彩霞斑燦的紅光，美得不可思議。

寫完這個故事的我，心想人們一向喜歡競技，團隊和團隊競技，人們和河流拔河，人們同樣向天地山林下過挑戰書，山路不停地被開闢，道路如同蜘蛛網路穿走在無數的綠色山林裡，只是一次又一次風雨帶來的挫敗，人們得學會謙虛，沒必要向天地山河宣戰，該是放下那條拔河繩索的時候。

或許放下的時候，溪河才真的會和你做生死知己。

卷四　守護最後山神

那瑪夏——南沙魯　瑪雅　達卡努瓦三聚落

河祭

你有沒有見過，一條溪河最初的樣貌？

每次開車前往那瑪夏，總覺得這條路像是要通往世界的盡頭，單單凝望沿路上看似被巨刃切削過的山壁，還有那急速墜落卻又被硬擋在山腰的千年大石，如同面臨命運裡進退兩難的窘困。上天要懲罰的究竟是溪河？還是渺小如滄海一粟的你我？

無論如何，天地溪河就在眼前一點一滴緩緩崩落，而淚滴與驚惶同時在心底兩頰慢慢垂流。

八八風災那年，溪河變身成橫掃世界的神獸，將山谷噬咬撕裂成兩大半，讓部分風景駐留這岸，某些人的記憶則被擱淺在溪的那岸……

兩岸之間的河道，如今雨季遠去，河床乾枯，竟成為通往那瑪夏的臨時道路，路面坎坎坷坷，如果遇上沒有鋪柏油的泥水路，路面多是坑洞，讓車子和乘客，一起跳起身子上上下下的探戈。

這條替代道路，不用大雨傾洩而下，只要一丁點風吹飛砂，再加上一場濛濛山雨，看似清澈的溪河，在半天之間傾刻激情翻滾，溪水呢喃你未曾聽過的語言，急急在你車旁奔騰而過。你不知什麼時候，他們會壯大成傳說中巨碩的水龍，一張口把你連車帶人，吞入湛藍的肚腹之中……

我不用讓溪河走進夢中警告我，我早就相信，如果人們再不把該還的東西還給溪流，這就將是世界的盡頭。溪流只是第一個向人們咆哮的神怪，飛舞銳利透明的巨掌，向人們飛奔而來。

我想，人們是否用生命裡至高無上的誠心誠意，向多變的溪流獻祭。不然，在那個永不甦醒的噩夢中，我們彼此將被巨大的溪流分隔兩岸，摯愛的你在溪的那岸，我在溪的這岸。

兩人一生一世永不得相見……

如果有一種醫師專門診治溪河，我願意擔任這項工作，我第一個會把最凶猛的荖濃溪送入急診室，動用緊急手術，把溪河擺放在巨大的手術台，開刀剖腹，看看疏濬等工程是否可把他救活。如果他還是無法悠然醒來，把他送往加護病房密切觀察。我想像溪流戴起呼吸器，胸部不斷上下起伏，喘著吸氣的窘困情景……

這些想像純非臆測，以往因工作關係，我經常到其他縣市看看他們轄區的溪流。那些潺潺的河水，就算是雨季來臨時，溪河多麼澎湃洶湧，也很少翻江倒海，翻越河道作出天理不容的勾當。溪河自有自己的道路行走，他們流得中規中矩，很少像此處的溪流，靜如孩童般寡言無語，動如猛獸般莽撞直衝。

第一次開車經過這裡時，已是多年前的事了，當時我耳畔彷若聽見當年狂暴溪河貫穿雲宵的怒吼咆哮，迄今仍在山林中肆虐迴盪，溪河的吼聲更讓我的左心房右心室微微驚顫，一時無法平靜。

我實在無法想像，會有什麼碩大的力量，支撐一條看似原本小家碧玉的溪河，竟然凶狠地切山裂谷，穿陸而行，河床擴張到占領人類要走的道路，隧道崩垮了，台二十七線封閉了，架構在山裡的每座橋，都轟轟烈烈被溪河帶去遠方旅行，從此不再歸來。

五年多後的今天，我又再次前進那瑪夏，這幾年仍有颱風登台，風吹雨打不曾停歇。這條河床替代道路，時好時壞，只要下起雨來，公路單位便宣布封路，雨勢停了，水位退下了，河床依然讓小車緩慢通行。

這條「河床路」，多年之後全都錯置了方位，左邊的道路被移到右方，上方的道路被挪到下方。河床路只要一下雨，就全都被乾坤大挪移，倒是河流卻依然堅持穿走他的路線，彷彿他堅信有天屬於他的東西，勢將全部奪回，並且加倍奉還。

話說回來，我如果真的是專治河川的醫師，我該如何治療這條日益病重的溪流？我應該是束手無策，兩手一攤宣布投降！就好比面對凶猛癌症無所適從的醫師，最後也只能對病人及家屬搖搖頭，然後丟下一句，你們好好陪伴他人生最後一段日子，最後匆忙離去，彷彿深怕被家屬追打。只是，溪流的生命可是百年千年，不能說撒手人間，就離棄不管。

車子一路開來，難免會遇到路面過於狹窄難行的時候，由於施工部分路面只容一輛車通行，我只好把車子停在山巒與溪流之間，等待對向的車子開過，我才能前行。

在等待的我，心情平靜猶如波瀾不興的湖面，與天上停泊的白雲一樣寧靜致遠，那時我真的聆聽到溪河，從我魂靈深處穿走而過的潺潺水聲。

車子開到河流轉彎處，發現溪河的盡頭竟是層層疊疊的山巒。山巒中間的開闊地，則留有一條山路，彷彿山神刻意留下的足跡，讓凡事到了險峻之地，仍然柳暗花明又一路。

車子開進群山中，滿山的綠意與寶藍色的天際，緊緊護衛著此處，好像害怕溪河突然衝流進這裡，把此處的美好突然帶走。

山巒延伸出去的兩端，則是原住民起起伏伏的房舍及聚落。如果說山丘是原住民的身體骨架，那麼纏繞在山林之間的大小河川，就是他們體內的大動脈與微血管。這些血管或在地表之上，或在地表之下，都是天地降下的雨水，潛入每一條牽動族群命運的水脈。水連著山，山守候著人，人活出自己的樣子。

住在這裡的原住民大多是布農族，他們生性樂觀，大自然把聲音的祕密，藏在他們的喉嚨裡，族人一開口吟唱，山神便把雙手枕在雲嵐飄飛的山巒裡，傾耳恭聽。族人在山林裡追逐獵物，認為這是上天賜予的禮物，他們謹慎且有節制地使用，打耳祭便是布農族的獵捕祭典。

這幾年族群自我意識升高，不少分支分脈紛紛想獨立成為一族，卡那卡那富族（Kanakanavu）便是一例。該族長年住在那瑪夏，與布農族為鄰多年，長年來他們也學說布農語，他們實際上卻是鄒族的一支，和沙阿魯阿族合稱「南鄒」。如今將近五百多名的族人，發起卡那卡那富族正名運動，如今已成為一支獨立族群。

卡那卡那富族與布農族住在同一聚落，許多的習俗禮儀都相同，卡那卡那富族同樣也有打耳祭，祭典內容大同小異，惟獨他們的「河祭」是布農族所沒有的。「河祭」源起於對河神的崇敬與懼怕。他們深知水的力量既可載舟亦可覆舟，甚至翻江倒海起來，如同一隻透明的神獸，毀城滅村易如反掌。

「河祭」舉行的那一天，族人一大早就要起床，穿上傳統服飾，頭上綁好紅色布巾，男人備妥配刀、米酒、漁網與傳統雨具。眾人來到河床，先前族人把眾多芒草紮成高大的柱子，已聳立在溪畔空地，讓族裡的男人逐一通過。

巫師先把搗碎的米粒，擺放在碩大的石頭上，他倒上一杯酒，揮動手上苧麻草，口中喃喃念著別人無法了解的咒語，為今年族裡的生產大事進行祈福。他接著把搗碎的米粒倒入附近溪流，讓魚兒嗅聞香味前來覓食，參與祭典的男子再趕緊用網子捕捉，捕到魚兒再與族人一同歡樂享用。

族人開始歡呼，高唱祖先傳唱下來的歌謠。我想像自己就在眾人之間，看著每張既陌生又熟悉的臉孔，牽起每個人溫暖的手，讓靈魂牽引著另一個靈魂，直到個體消失不見，只剩下代表族群的一個大圈圈，在河床上不停地舞動著一個巨大的身影，我們向上蒼祈求，向河神禱告，今年不能再有水患，我們享用溪河裡的魚蝦，我們也會盡所能地獻上族人的誠心誠意，保護溪河的流動，保證河神不受人們的凌虐，懇請河神勿再發怒，讓族人遭殃。

我彷彿看見長滿髯鬚的一個男子，走出河道與眾人同樂。他臉上起先沒有任何表情，逐漸嘴角上揚，笑開了整張臉，連沾滿風霜的鬢髮，都隨風飛揚起來。

我猜那個人就是河神，河神同樣需要人間的關愛，人間的歡樂。只要有心，不

我上了車，開回了河的對岸，我只想和摯愛的人再次相逢，不想她站在彼岸，我在這岸，一生一世想念著對方，卻永世不能相見。

用烹牛宰羊，同樣會讓祂擁有一張歡顏。人神都是如此。

你有沒有見過，一條溪河最初的樣貌？

那一天，我終於見到了，我離開河祭現場的時候，那個我猜是河神的人，走到了溪畔，化身成了一條清澈見底的溪水，透明的水體還見到魚蝦露出了微笑，我想那就是一條溪河最初的樣子，和你我童年臉上浮現的可愛笑靨，沒什麼兩樣。

我上了車，開回了河的對岸，我只想和摯愛的人再次相逢，不想她站在彼岸，我在這岸，一生一世想念著對方，卻永世不能相見。

溪河也是一樣，同樣需要人們的愛戀，人們的疼惜。我會想念著這溪河，有空會回來這裡，陪溪河歡唱聊天，勸他長大後，脾氣不要那麼壞，在山林裡，好好湍流出美麗的身姿。

臨走之前，我下了車，走到溪畔，灑了一地水酒，以現代文明淡淡無味的礦泉水，代替濃烈的小米酒……

容我這麼一個渺小的人，敬天敬地，敬山林，敬眼前安安靜靜的溪河。

女人的田地

第一次進入達卡努瓦聚落時，滿山的盎然綠意，向我迎面簇擁而來，這是五年多前那場破碎山河災劫後，難得倖存的山林桃花源。這彷彿是山神刻意伸開雙臂，為眾人護衛所留下的樂土，要送給始終帶著微笑度過劫難的族人，最繁花盛開的禮物。

那瑪夏有三個聚落，南沙魯、瑪雅以及達卡努瓦。這三個布農族的聚落名稱，在幾年前，取代了國民政府往昔為推廣三民主義的奇特地名，以前這裡的村名分別叫作民生、民權、民主，顯然和南台灣的山林格格不入。

當年在這麼偏遠的山區，竟以孫中山先生的三民主義而命名。原住民可能花一輩子的心思，都不了解當局取這些地名的美意，孫先生應該不知他創立的政治主張，竟然在南台灣深遠的山林，如此開花結果。

只不過，山林還是留給山林的子孫居住，聚落是祖先千百年傳承給下一代的最大資產，名號恢復舊稱也好，至少讓子孫閱讀先祖的用心，為後代尋找到一塊安養一生的好地方，這裡可以在開闊的丘陵地耕種，進入深遠的山林裡狩獵，並且繁衍後代，餵養兒孫。

在山神的眷護下，一切都平安靜好，就算五年多前，那場末日災劫來臨時，達卡努瓦一樣在群山環抱之下，走過那段對外道路封閉的艱辛歲月。我相信，此處會如此平安，與這裡住了一群愛土地愛族人的女子有關，就算有什麼災禍，這裡的女人們都會一肩扛下。這讓我想起古代的女媧族。

相傳遠古時代，水神與火神展開激烈交戰，天柱被水神激烈撞斷，天空瞬時塌陷，天河之水浩浩盪盪流入人間，相傳有名奇女子女媧，不忍心人類受苦受難，花了好長時間冶煉五色石，補好天空的裂縫，帶領人們度過大災劫。

達卡努瓦就有一群女媧，她們種田養雞，學會各種方式餵養自己以及家人，並且餵養聚落，讓山林洋溢飽滿豐沛的生命力，她們是盛開在山林裡最美麗的山櫻花。

車子進入那瑪夏之後，與先前在河床路上的坎坷景觀，呈現不一樣的景緻，青山不僅更加嫵媚，山巒翠綠欲滴，完全沒有經過災劫的憂鬱症狀。

尤其要進入達卡努瓦的道路，早就修建完成，當地族人稱為「高速公路」，車子開來格外一路平順，綠色的山林風景，在車窗旁流動成一幅綠油油的油畫，美得讓你無法想像。在一個多小時之前，我的車還在河床路上大跳驚險的曼波，如今道路平坦得讓自己的心境，從忐忑不安一下子降落到平靜柔順，像是換了一件新衣裳，好面臨山林的盛情邀約。

在友人欣怡的陪同下，我終於來到聚落的紅十字工作站，族人稱此處為Toong tamu，指的是智慧老人居住的地方。一眼望去，站內全都是女人來來去去，也有長老在這裡工作休憩。女人們忙碌許多事情，煮飯煮菜烤麵包，還有忙著招呼從四面八方而來的客人，我連她們面容都還未瞧得十分清楚，時間已一分一秒蹓躂而過。

我走出站內，觀望此處的地理位置，它位於群山環抱的中間，彷若一名慈愛母親緊抱剛出生的小嬰兒，部落便是天地山林一同照料的新生兒，山神指派一個個肩膀寬厚的女子，扛起照料部落的重擔。阿布晤（江梅惠）、阿布以及詹怡玲等人都是。

阿布晤是卡那卡那富族的族長，她專門照料一座外界捐贈的麵包窯，眾人稱它為「願景窯」。那天我去的時候，大家忙著把小貨車上鋸下的梅樹樹幹搬了下來，作為添置窯裡的新柴火。阿布晤說，梅樹的木材燒起來窯火格外熾烈，它的柴火味又沒那麼難聞，算是山神賜予他們最好的冬季禮物，山上成排站立的梅樹，有些在秋冬季枯萎了，他們把它鋸切下來，作為暖窯的新柴。

多年前的八八風災，沒有對聚落釀成重大災害，但是對外的聯絡道路，全都在一瞬間，被透明的水獸吞

在深山中的達卡努瓦聚落

吃得乾乾淨淨，橋梁公路不是被大水沖斷，就是被成群的土石流霸占，族人根本沒有任何可通行的道路，往外銜接。

族裡的人被困鎖在聚落，長達三個多月之久。好在村裡什麼都有，家裡沒食物了，還可以伸手和山林溪河借用，他們慨慷地拿出所擁有的一切，餵養村落的人們。陽光很溫暖地照映在聚落每一角落，山巒也沒有傾頹或塌陷，仍是族人最依賴的山神。

只是村內僅有的加油站，到最後也使用到一滴油不剩，全數耗盡。有些病危的老人家只好坐著直升機，看著底下山巒的家愈變愈小，他們眼眶的淚水卻打轉著隨時會滑下臉龐，只得趕緊到山下接受治療，也有些人寧願死守聚落，等待救援來到。

阿布晤這些族群的菁英，都知道聚落位置的優點，如果可以在食物上自給自足，萬一又碰到山神發怒時，她們可以在村裡守候得更久。「願景窯」便是帶給她們美好夢想的禮物，彷彿是一扇神祕之門，打開後通往美好的童話國度。

「願景窯」平時可以用來烤製披薩、蘋果派，並且一次可以製作二十條吐司，作為村莊族裡聚會之用，熱騰騰的食物，不止讓腸胃溫熱，更溫暖了聚落裡每個人的心。碰到非常時期，「願景窯」的熾烈之火，就燒得更燙熱了。

阿布晤一邊彎腰搬動手腕般粗大的樹幹，一邊呢喃著說，她的腰痛愈來愈厲害了，待會兒還要下山到診所復健。我望著她遠去的背影忖想著，生活和工作的擔子就已相當沉重，聚落的責任更是一波波湧而來，頂天立地的女媧族們，還是無法承受過多的操勞，只得讓身子多多休息，以便行走更深遠的山林。

工作站內自給自足的園地，不止「願景窯」而已。此處實際上也是高雄原住民婦女永續發展協會的落腳處，理事長詹怡玲和總幹事阿布，帶著我在四周繞走了一圈。她們介紹這裡還有一處「祕密雞地」，使用有機方式飼養雞隻，只要有客人來，她們都拿出全聚落的熱情，殺雞款待。

像那天中午，為了歡迎來自遠方的客人，工作站特別熬煮一鍋鮮美雞湯，在山林裡飄盪的香味，讓人的味蕾跳了一個中午的迎賓舞，沒多久鍋底乾乾淨淨。也有其他村落的人遠道而來，訂購這裡飼養的有機雞隻，有關此處肉質鮮美的消息，早已經傳遍一山又一山。

「採菊東籬下」再也不是男性的專利。工作站內還有一處「女人的田地」，她們特別豎立一塊小看板，上面寫著這幾個大字，好像寫了這些字，這塊田地就是這群女人管理種植。田地面對一座座綿延山巒，種菜綠山下，應該是她們心情的最佳寫照。

女人們栽種，一樣依循季節韻律，大地節奏，配合種籽的播種、施肥、澆灌以及除草。眼看翠綠的野菜，從泥黃土地冒出綠色葉片來，她們比誰都高興。心底能長出綠芽，如同懷孕的第一天，感受到前所未有的興奮。

那天我們在工作站的菜餚，就是這群女人親手栽種，親手摘取，並且親自炒煮。生活就是這麼簡單，在柴油米鹽下成就生命的大道理，你要享用大自然，沒問題，你得親自在土地上，種下希望的芽根，大地自然會回

女媧族只會做事，不打誑語。她們不會煉石補天，卻會下田種菜，在祕密雞地裡，養雞近百隻，並且守候在麵包窯旁，靜靜等待她們對未來的願景及夢想，燒製成型。

報給你豐盛的收獲。

女人們在聚落的另外一頭，還設有課後輔導中心，她們從外面請來老師以及村落的義工媽媽們，陪小孩讀書，陪他們研習學校功課，讓下一代原住民子弟，讀懂大自然，讀懂這世界。

我要離開的時候，她們一排人站在工作室前方，目送我們的車子遠去。

我從照後鏡裡看到她們離別的表情，臉上有些不捨，卻有更堅毅的輪廓，彷彿古代女媧姊妹再次重生在我眼前。女媧族只會做事，不打誑語。她們不會煉石補天，卻會下田種菜，在祕密雞地裡，養雞近百隻，並且守候在麵包窯旁，靜靜等待她們對未來的願景及夢想，燒製成型。

照後鏡裡，女人們最後揹起大山與燦紅的夕照，一派輕鬆地漫步走回聚落。我並沒有尖叫，我早知道，她們是力大無窮的女媧族，揹山、揹溪河、揹起她們世界裡的一片天地。

她們向摯愛的村落，無怨無悔地走了過去……

碎石路上的追獵之旅

黑夜占據的山林裡，唯一的光亮來自天上。

幾隻飛來繞去的螢火蟲，偶爾在林道上，閃爍千古不變的小小光芒，像是個天神派下來的提燈使者，略微指引前方的道路，但這一盞盞小燈，沒多久就全都飛走了。

唯一留在碎石林道上的，仍是一群濃墨的黑暗。你的心你的眼，彷彿被一張超大的黑色簾布，緊緊遮住，不讓任何光線越雷池一步。

年輕獵人不想依靠這個不穩定的光源。父親提點過他，在一片暗黑的森林裡，只有天上的星月光，是唯一可以辨識方向的物件，那是天神刻寫在天際上的密碼，好教導獵人如何在黑夜裡摸索前進的線索。

年輕獵人雙腳踩踏在碎石路上，不敢輕易妄動，因為他剛聆聽到山豬的粗重鼻息，那氣味卻一下子又消失不見。父親向他警告過，山林裡最危險的動物就是山豬，牠嘴上的獠牙，其尖銳如利刃足可讓人開腸破肚，牠是森林裡的黑色惡魔，人類最懼怕的傳奇動物，獵人們不能等閒視之。

他知道牠可能就在身旁，或者早已遠去。只是黑夜裡誰也看不清楚誰。他只能憑著味道，追尋山豬的去向。鼻子裡失去山豬的氣息，讓年輕獵人忐忑不安了起來。山豬可能先行離開，隨後奔跑回來，像一枝利箭般朝他射來，年輕獵人全身的細胞，開始戰顫且警戒了起來。

接著碎石林道上，一陣窸窣的聲響從遠而近地傳來，年輕獵人剎那之間拔起了彎刀，在胸前緊緊握著。

一道黑影，像閃電般朝他奔騰而來……

老獵人霍曼坐在部落老房子的前方，對著一群年輕人，娓娓道來六十年前，他第一次狩獵時，遭遇到山林裡最凶狠山豬的驚悚情節。說到最精采處，老獵人卻轉了個題材，談論族裡最大規模的祭典「打耳祭」的由來。

「霍曼！霍曼！我們要聽你說，那頭超大山豬後來怎麼了？你一刀殺了牠嗎？還是牠撞傷了你之後，就逃之夭夭，留下你一個人？……」一張張黝黑的學員臉孔競相發問，好像沒趕緊問霍曼，他會一下子逃離現場。

他對著學員笑了笑，卻也沒正面回答。他知道學員要問的就是這些，他除了回答自己終於英勇地殺了山豬，或者是山豬重傷了之外，不可能有其他的解答。

霍曼臉上湧盪著歲月踩踏而過的皺紋，這是他始終無法適應老人生活的主因，卻也因為時間之神的訓誨，讓他鍛鍊了更多的智慧。面對生活的難題，他知道身上有太多寶貝，可以餵養眼前下一代的子孫。他也知道自己不用一下子全部傳授。時間還很漫長，他可以一步步教會他們，所有在山林裡狩獵的技巧。

他帶著年輕人，走到聚落的廣場，工作人員掛起象徵野鹿、山豬等動物的耳朵（可能只是一小片肉片或骨骸），他教年輕人如何以手臂使力，拔起箭矢，擺放在弓弦上，然後使用手指彈動的力量，讓箭矢毫不費力地往前飛去。

「打耳祭」主要為了慶祝聚落裡田地及山林裡狩獵的豐收。在祭典前，不但要訓練未成年的族裡年輕男子，射擊動物的下巴或耳朵，好學會狩獵的訣竅，並且成年男子還要前往山林打獵七天，獵捕到的獵物，就要在祭典中獻祭給祖靈。

霍曼看著眼前那些才十二三歲的年輕人，明明是學習射箭打獵，卻嘻嘻哈哈玩成一團，根本不像他們那個時代，西方文明還沒有完全操控這塊島嶼，耆老說什麼，他們就做什麼，一有什麼閃失，就會被父執輩們狠狠教訓。哪像現在這個樣子，年輕人失去餵養他們的山林，失去四肢的體力，最重要的是，他們更失去了自己的魂靈，成了一具行屍走肉，在山林裡游盪飄移。

老霍曼用力地搖了搖頭，恍惚中，他再次回到那個一片漆黑的夜晚，那條彎繞的碎石山路，浮現眼前……

在山林裡一陣驚天動地的騷動後，年輕的霍曼感覺肚腹那邊，有什麼黏答答的液體，垂流了下來。他的右手勉強挪動一下，摸了摸受傷的部位，雖然看不見血液深紅色，那般鮮紅地映現眼前，但他知道那是如假包換的鮮血，正一滴滴掉落在尖銳的礫石上。

那隻邪惡的夜魔，雖然逃開了死劫，卻也好不到哪裡。牠用尖銳的獠牙刺傷霍曼，他也用彎刀奮力地戳進牠厚厚的毛皮內，那把刀現在還插在牠的身上。他遠遠地都聽得到，牠現在在月光之下，山林某處的角落，用盡力氣朝著月亮大聲咆哮，好渲洩牠劇烈的疼痛，牠的身體正緩緩地撕裂開來。他猜想到這裡，肚腹的痛就不算什麼，嘴角勉強得意地上揚了起來。

霍曼拿出Cina（媽媽）替他準備的野草膏，貼在受傷的部位，感到一股沁涼的香草味，滲進了肌膚，鑽入了血管，他想起聚落裡他最愛的女子，她長髮也有這種難以形容的香味。他吸聞著這種味道，彷彿覺得女子也來到了他的身邊，在他耳邊低吟歌唱，雙手撫慰著他肚腹的傷口。

在昏昏沉沉中，霍曼度過了一個太陽，一個月亮。白天任由陽光烤曬他原本就已黝黑的肌膚，晚上他則在夢與現實之間遊盪。他和女子在瀑布裡歡唱游泳，在山腰的平原上，兩人與風競跑。他以為自己活著，卻有一半時間，他相信自己已死去。

第三天早上，霍曼終於醒來，等他匆匆趕回部落時，廣場已收拾乾淨，儀式早已舉行完畢，風吹著那些地上剩下還有些星火的柴堆，連祖靈都返回天上了，只有他一個人還站在廣場，被四面八方吹來的冷風，襲擊得體無完膚。

年輕的霍曼差點相信，上天這次就是要滅了他，不需要他再為部落盡力……

老霍曼終於等到儀式的最高潮，今年狩獵最多的獵人，把他的獵物呈獻給祖靈。數十年來，老霍曼經歷過了好幾個統治者，他們都應允了讓族人有不同的狩獵方式。

以前在他們當家作主的時代，只要尊重別人的獵區，不要跑到別人祖傳獵區撒野，就是唯一不能逾越的紅線。祖靈早有交代，狩獵有固定的季節，有固定的獵物，祖先不贊同他們像後來的「白浪」（平地人），一窩蜂地獵捕某種特定的獵物，結果山豬數量減少了，野鹿跑到更深遠的山林，藏躲了起來。

先後管理這塊島嶼的兩個政府，都不敢讓他們持有槍枝，彷彿拿到了槍枝，他們就會為所欲為，在山林裡稱王稱霸。他們只有在獵季時，才能把獵槍帶出來曬曬太陽，作個日光浴，和山林打個招呼，否則槍枝會被歲月的風霜，深埋在地底下。

沒有獵槍，也就沒有像樣的獵物。老霍曼懷想，當他們年輕時，是把整隻獵物，扛在肩上，走入聚落的廣場，直接參與祭典，受到英雄式的歡迎與禮讚。如今獵人扛出來獻祭的是，平地人飼養的一般豬隻，再也看不到在山林裡奔跑的山豬、野鹿，躺在那祭台上，昔日美好的一切，彷彿成為絕響……

老霍曼看了看祭典兩旁擠得人山人海的觀光客，他倒覺得自己成了被困住的老獵物。

他心想，有時間應該再重回山林裡，和那些老朋友打打照面，再廝混在這樣的環境，一生在山林裡奔跑的骨骸，遲早有天會葬身在繁華的文明裡……

年輕的霍曼在第二年，再次回到了那條碎石林道。祭典再次來臨了，他得和那個山林惡魔，作個最終的了結。他跟蹤那個惡魔的味道，已兩三天的時間，卻始終不見牠出現。彷彿牠已料到霍曼會來找牠，牠早已布下天羅地網，要和霍曼決戰。

那是再悶熱不過的下午，霍曼再次埋伏在去年和惡魔激鬥的林道旁，他心裡隱約有個感覺，或許待會兒就會和牠再次重逢。林道最前方果真傳來窸窣的聲響，他的心跳開始加速。他靈敏地藏身在大樹後方，右手拔出弓箭，安放在箭弦上，對著林道中間瞄準。

那隻龐碩的山豬，終於大搖大擺出現在霍曼的視線裡，牠幾乎感受不到身旁有任何危險，牠後方還跟了兩頭小山豬。霍曼看到小山豬的模樣，輕輕嘆了一口氣。母山豬靈敏的耳朵，馬上察覺狀況有異。牠像一輛加滿油的小貨車，橫衝直撞往他這個方向奔跑而來，小山豬嚇得楞呆在當場。

霍曼的箭射出了一支又一支，大山豬被射中了眼睛以及脖子，向天空哀嚎了幾聲，接著像是失速打滑的車子，猛然撞向大樹。霍曼不想傷害小山豬，但是他得帶回大山豬這頭獵物，他拔出彎刀，向牠的頭部用力砍去……

老霍曼花了一天的時間，終於走到了當年獵捕山豬的那條林道。那年他以大山豬，獲得了聚落裡狩獵英雄的封號。在這之後的十多年，沒人打破霍曼的紀錄。他看了看碎石林道，四五十年來幾乎都沒改變，兩旁大樹高聳入雲，陽光依然遍灑在道路中間。

老霍曼看見前方有位身形挺拔的年輕獵人，很像他年輕時的帥氣模樣。他想走過去和那年輕人打個招呼，走了幾步後，停下腳步。

老霍曼和年輕的自己，在林道的兩旁對望了許久，直到美麗的夕陽，映射進兩人眼眸裡，老霍曼才邁開步伐，往林道另一個方向走去。

山林的滋味

什麼是山林的滋味？

我問認識的布農族朋友說，「你嚐過山林的味道嗎？是甜的？鹹的？還是苦的？還是酸甜苦辣各種滋味都混合在一起？」

「山林又不是食物，哪裡有什麼味道?!樹木不能吃，花草不能吃，山巒不能吃，河流不能吃。如果說山林有味道，那應該是新鮮得無法形容的山上空氣吧！那清新的風，洗滌你的五臟六腑，乾洗你的每一寸靈魂。」布農族朋友雖然不屑我的說法，但他形容山嵐的滋味，我倒很贊成，每次上山，我就被山霧輕風，好好清洗全身的每個細胞，每一條大大小小的血管。

我對友人說，「山林不是食物，卻是各種生命形成的大本營，這裡有各種果樹，占領一座又一座的小山丘，比方這座山專門栽種哈密瓜，就被稱為『哈密瓜山』。另一座山則是『水蜜桃山』，梅子樹的地盤更是綿延了好幾座山巒，『梅子山』成為此處最多的山名，這些味道有酸有甜，味蕾嚐盡兩種極端不同的滋味……」

山林的滋味是什麼？可能要你親自走訪一趟巍峨的山林，傾聽每株植物躍動的心跳，要有和滿山滿谷的物種，融為一體的雄心壯志。如此你想要山之味，山巒就派遣白雲山煙給你親自送來。想要溪河的淡水海鮮，溪流便把它們流向你腸胃的汪洋。

我喊山山來，嚐遍山林之味，那酸甜苦辣的味道，隨山風飄散到每一處山巒的遠方。

那年夏秋之際，我有機會造訪那瑪夏區與小林村交接的山巒。反正在廣闊的山林裡，實在沒什麼行政區域的區分，山巒一個接一個綿延到山邊，到處是綠意的樹林，糾峭的斜坡，山神哪管這是哪一區，那裡又是哪一里，全山林都是祂掌管的轄區，頑皮的山嵐和雲霧，四處越界跑攤。山林世界的寬大，你我無法想像。

我上山採訪栽種梅樹李樹的有機果農。他開著引擎衝力較大的吉普車，在山上彎繞的小路上急駛飛奔，在看似已是峭壁的角落，卻又出現了柳暗花明的狹小山路，讓車子又得以翻山越嶺。我第一次明白，原來所謂「跑山」，是如此在山裡衝撞來去，跑出一條條通往山頂的捷徑。

果農朋友在小山上的家，還真是獨立於紅塵喧囂之上，可能連山下的河床崩壞，他都不會放在心上。果農朋友帶我到附近走走，山坡地成了他的私家果園，全都種滿了梅樹李樹。他以前也是住在小林，好在後來搬走。那場風雨，將附近所有電線桿以及自來水管，力拔山河氣蓋世地逐一拔起，讓果農朋友至少被困在山上兩三個月，反正山裡什麼都有，只是沒水沒電辛苦了些。

小山上，沒水沒電的夜晚，只能抬頭看明月，更加明亮婉約，朋友與其妻喝杯梅子酒，對影成四人，共享只有在古代社會才有的清風圓月。朋友竟成了山中無歲月裡的山大王，水果就是他王國裡的萬千子民，彷彿整日在山中睡睡醒醒，只要採摘果實為生，就可在山林裡快樂生活。

我忽然想到這位朋友的生活，猶如《西遊記》裡的孫行者，住在孤島水簾洞，那般自由自在，如果真能在山上自給自足，沒人願意回來烏煙瘴氣的平地社會。

山上日子雖然快活，只是到了水果成熟期，還是夠他們兩夫妻忙碌一陣子了，採果、醃製以及密封發酵等，都是製作水果醋的必要過程。歲月在水果變身期奔騰流轉。

我還參觀了他們的大醃缸區，小屋裡儼然一家小工廠，外面的果園即是產區，等各式水果瓜熟蒂落後，就送進屋內加工，屋外屋內連成一系列的作業系統，自然與人工的環境一氣呵成。

朋友把一盤醃製好的脆梅，推到我的眼前，示意叫我吃看看。「梅子酸中帶甜，這是最道地的山林滋味啊！」

我看了朋友一眼，隨手把醃梅送進嘴裡，一片片的梅子果肉，承載山中寒盡不知年的幽幽時光，舌尖上先是被歲月苦澀酸味撲前而來，隨後散發整座山林積累的甜甘滋味，從四面八方湧盪了過來，我呆坐在位置上，卻像有人在身上裝了翅膀，在森林的天空上，繞飛了一圈，吸入了山嵐，輕吻了雲霧，山林霎時間縮成了一顆小小的珍奇果子，在我口腔中翻騰滾動，留香撒味……

回程中，我沒多說什麼，只想謝謝在山上的這位果農朋友，他讓我第一次嚐到了山林的滋味。我彷彿攀爬到了山巒最高峰，向下俯看一片翠綠的林木，她們向我伸手擁抱，成千上萬綠色的手臂，爭先恐後將我緊緊抱住。

八八風災後，為了讓山林裡的產業從嚴重的撞擊損害中甦醒，那瑪夏各聚落開了很多次會，大家差點把腦子想得冒煙出火了，有人提議再度大量栽種傳統作物梅子、竹筍，也有人說種植哈密瓜、水蜜桃等高山水果，獲利比較豐厚。

有人主張栽種什麼，就有人高調反對，這倒真像個千古不變的定律，有人喜歡唱和某個曲調，卻有人認為這曲調難登大雅廳堂。就有人放話，這些傳統果樹早已種得滿山海谷，如果再擴大面積，可能會讓山林水土不服。況且市場上這類水果，各地都已有種植，有些地方還強打這些水果，乃是他們的百年品牌，別人難以扳倒打敗。如果什麼都搶著栽種，可能還沒獲得豐盛的收穫，市場已將你擊倒在地。

「與其說要種什麼，不如就把現有的果樹品質，維護得更好，這才能打敗其他地方的水果。這是個激烈競爭的慘烈年代，如果不一口氣勝過別人，自己就只有等著受苦受難的分……」

說這話的是個十五六歲的高中生，他在聚落討論時，揚動長長的眉毛，驕傲地大放厥詞。說完這句話時，眾人面面相覷。不少人心底知道，他說的是實話，這年頭講求的是具有特色，品質又極佳的產品，才能在殘酷的資本主義市場裡，爭取呼一口氣的空間。

部落裡講求的是階級，況且也有不少長老們擁有栽種果樹多年的豐沛經驗，豈容一個毛頭小伙子，不知天高地厚亂說話。

年輕小伙子看到大家的臉色，知道沒有做出一些實際成績，部落裡的人是不可能信服他的說法。他和父親拚命克服栽種有機哈密瓜的技術問題。辛苦了半年時間，到了收成採摘的時候，他們看見樹上擺盪著肥碩甜美的哈密瓜，眼看著樹椏簡直無法再負荷她們的重量，小伙子趕緊把她們全都救下樹來。

驕傲的小伙子其實有顆溫柔的心，他把栽種技術和部落裡的人全都分享，全村所種的哈密瓜開始豐收，樹上結果的都是每個族人的心血。我猜想當時的小伙子和我一樣，第一次品嚐了山林的滋味，那味道甜滋滋地在喉頭打轉，芬芳則飛落脾胃裡沉澱。

故事還沒有結束……

我是在小伙子讀高中時，在學校訪問他，和他相遇。為了就讀這所學校，他從山上搬入學校宿舍。他敘說八八風災來臨時，為了返回那瑪夏，得從嘉義那頭的公路，多繞行兩三小時的車程，才能返回部落老家。一路行程很是艱辛，只是無論山路多麼顛簸，他回到家才能安心。他也對我說了如何幫助族人種出甜美哈密瓜的故事。

或許對自我期許壓力太大，在學校或在聚落遭遇挫折時，他的心理防禦圍牆瞬間塌毀，外力一下子就侵門踏戶侵擾他的心緒。小伙子心情一度陷落，憂鬱成病。還好他年紀輕輕，相信他自我療癒能力極強，心底那塊被自己畫下的傷口，我猜，應該會逐漸結疤痊癒。

小伙子後來復原了多少？沒人知道。我猜想，這個答案只有我知曉。

這一切都發生在夢中。夢裡的時間有些模糊，只知陽光淡了些，不再酷熱難當，加上感受到午後微風的吹拂，眼前是一大片大樹滿滿綠蔭的影子，我因而猜想，應該是下午的事。

甲仙大橋

兩個人見面的地點在那瑪夏，小伙子位於偏遠深山的家鄉。大樹下只有我們兩個人，看著一盤切好的哈密瓜，攤放在走廊的桌上。金黃色的果肉，映射陽光的光芒，顯得有些璀璨奪目，讓人無法正視。還好隨著時光流轉，沒多久陽光就瘦弱了下去，挺適合說話聊天。

「老師，你不是老問我山林的滋味如何？那你吃過山上的醃梅，現在你品嚐這盤哈蜜瓜，看味道如何？不要和我說五四三的風流話。」小伙子的聲音，就算在夢中，還是一樣銳利如刀鋒，得理不饒人。

我看了他一眼，專心地叉起哈密瓜送進嘴裡。我想果肉太柔軟了，它應該是用滑的，就直接滑過我的食道，落入我的腸胃，滋味像核子彈一樣，在五臟六腑裡，剎那間爆出一朵香味的蕈狀雲。那種攀登到峰頂的感受，又強烈地向我襲來。

我想自己應該是攀爬到了山巒的三角點，向下俯看翠綠的林木。她們竟猝不及防地向上躍起，將我熱情擁抱。

喧譁聲中，我只聽到一種聲音，唯一的喜樂。

整片山林與我一同呼吸，一同交歡，直到天地盡頭……

守護最後山神[8]

我看過台灣黑熊的雙眼。

在牠全都是黑色皮毛的身上，除了那胸膛上白色印記之外，唯一不是黑漆漆的部位，便是那白閃閃的眸子。

相傳只要看過那雙眼之後，牠的瞳孔，牠的靈魂，就從此一生一世緊緊跟隨你……

從此不再分離……

8 布農族的傳說中，山神為為狩獵之神，也有一說，台灣黑熊是族裡的神聖動物，其地位如同山神那般崇高，獵人不能輕易射殺。原住民這類的故事，其實背後都有生態保育的觀念，將其珍奇動物神格化，防止人們大肆獵殺，台灣黑熊便是其中一例。

台灣黑熊相傳是布農族神聖動物，不能隨意獵殺。黑熊胸膛上的那個V字型如同閃電的胎記，可能是天神在牠身上所留下的永恆刺青。在部分聚落的傳說裡，黑熊彷若山神轉世的象徵，上天派她來守護山林，守候聚落。

老獵人們總口耳相傳地說，大自然的生命子宮，那龐碩的巨大森林，不知如何開始一區一區凋敝，如同秋季來臨，綠葉凋零飄滿大地，或是百花在盛開之時，揮灑她們千姿萬娜的花瓣，紛紛被午後微涼的風輕輕吹落，像是書寫完生命最完美的篇章，即撒手離開人間。

山林老化凋零，黑熊的數量也在急速降低之中。比一個人還高的台灣黑熊，是島嶼森林裡最大型的哺乳動物，他壯碩如同一塊巨岩，走起路來如同一座會移動的小山丘。早期在森林繁茂時，黑熊是最雄威風光的動物，沒有動物敢正眼看牠，彷若牠只要張開巨爪，就會被撕裂成百片千片。

台灣黑熊和傳奇山林之神雲豹，有著許多相同的多舛命運。兩種動物被不同族群視為神聖之物，卻也是獵人們最喜歡獵捕的目標。說來十分矛盾，族裡雖然對牠們的神聖性推崇備加，但卻也沒有硬性規定一定不能獵殺。只是獵季時可以開放狩獵，其他時間就不能碰觸聖物。

只是隨著人們的大肆獵捕，部分獵人身上的豹皮大衣，還有牆上虎虎生風的黑熊標本，成就了獵人的榮光，卻也宣布了牠們在山林裡急速減少的消息。

雲豹如今如同山嵐，消失在北大武山的巍峨山林裡，任憑研究人員遍尋，都不見牠的身影。台灣黑熊不也是如此，只剩少許少許的數量，守候著玉山翻騰雲海的日出，守候著愈趨荒蕪的山林，彷彿守候著自己注定的命運……

我想，就算是山神，就算是聖物，在上天及命運的盤算下，最後一樣都會孤單無依……

我看過的台灣黑熊，牠不是行走在自由的山林，而是被關鎖在禁錮的籠子中。在鐵籠裡蹣跚而行的黑熊夫妻，那晚哪裡也去不了，只能在籠裡相看兩不厭。

這已是多年前的往事了，那時我見到的黑熊，不是一隻而是一對。飼養牠們的民眾，在政府還沒有實施野生動物保育法之前，就已擁有牠們。牠們應該來自中台灣的山林，被人類獵捕後帶到山下，四處販賣兜售，直到這個民眾把黑熊夫妻買了下來。

鐵籠裡的公熊，失去森林，失去原有的野性，變得慵慵懶懶，有時雙眼甚至是呆滯遲緩，只能望著鐵籠外人們的屋舍發呆。或許牠的腦海裡，仍記得當年牠被帶來此處的殘留記憶，因為在一大片屋舍外，就看得到一座又一座的山巒，那裡可能就是黑熊的家。待在另一座鐵籠的母熊懷孕了，牠只專心坐在狹小籠裡的一角，彷彿隨時要迎接熊寶寶的誕生。

台灣黑熊不僅僅是原住民心目中的聖物，更因數量急遽減少，被列為瀕臨絕種的保育動物。依照政府野保法，民間不能飼養黑熊，而是要被送往政府野生動物中心先行收容，視情況而將其野放，讓牠們重新回到山林的懷抱裡。

民間人士飼養一對黑熊又懷有熊寶寶的事，那年在我們這塊土地上喧騰開來，猶如一座小型火山爆發，引來各界注目。如同現在台北動物園的中國熊貓圓圓懷孕一樣，被當成熱門新聞炒作。只是黑熊新聞沒那麼溫馨，政府單位認定小熊是在野保法實施之後誕生，理應給國家處理，民間沒有能力將小熊撫養長大。

收容中心人員前來想要帶走小熊時，我剛好就在現場採訪目擊。飼主在旁喃喃自語，作勢不要讓他們帶走熊寶寶。只不過在公權力之前，誰都是枯萎的花朵，無力抵抗也無從抗拒。唯一有資格可以站出來說一番大道理的，當然非屬熊爸爸、熊媽媽不可。

熊媽媽沒那麼好說話，牠的巨掌用力甩打鐵欄干，像是抗議有人要帶走牠的子女，牠的憤怒要讓全世界都知道。熊媽媽用力搖晃整座鐵籠，飼主的鐵皮屋，像是發生六級大地震，震天價響的巨響不停傳出。我就是在那個時候看到黑熊的雙眼，彷彿有兩顆火球，即將飛出牠的體外，毀天滅地在所不惜。研究人員看熊媽媽護子心切，更怕牠衝出鐵籠外，停止所有帶走熊寶寶的冒險動作。

熊寶寶後來沒被收容中心的人帶走，飼主獲得最終勝利。只是一千多個日子，一直沒有熊夫妻及熊寶寶的消息，好像牠們瞬間從世上消失。從此不再有人尋覓牠們。或許牠們還是很快樂存活在人間某個角落，不被外人所知。或者是牠們早已踏上回老家的路途，畢竟山林才是台灣黑熊的故鄉。

我始終記得熊媽媽，老是眺望鐵籠外最接近山林的那個方向……

我知道那裡山嵐飄漫，歲月不動如山，是台灣黑熊一生一世守候的地方。

多年後，我聽過一個獵人與研究員在山上相遇的故事。那個地方就在黑熊最想望的家鄉，在那瑪夏更深遠更深遠的山上。

有一天，一名躡手躡腳的布農族獵人，彷彿在追蹤什麼。他在山林中緩緩移動步伐，深怕一步踩錯，全世界的凶猛動物，都會在剎那間，往他身上猛撲而去。

在原住民獵人五百公尺之外，一名收容中心的研究員，正在一棵樹下裝上研究用的自動相機，好獵取台灣黑熊的畫面。研究員盡量輕聲挪動，以完成他的任務。他覺得在樹林裡裝上竊聽器，非法監聽黑熊的一舉一動。研究員一面裝設好幾個角度的鏡頭，還一面東看西看，深怕樹林內突然跑出什麼動物，撞壞他以及攝影器材。

這時樹林傳來一陣窸窣聲響。研究人員還以為黑熊出現了，趕緊蹲低身子。這時才發現，在林中走動的是一名平地獵人，他正拿著空氣槍，對準前方一百公尺處的黑熊母子，牠們倆渾然不知已陷入險境。平地獵人動也不動，像座雕像藏躲在森林之中，看起來他隨時會發射子彈。

熊媽媽手中抱著幾隻死山鼠，來到小熊旁邊，撕下鼠肉餵給小熊吃。陽光照映之下，血腥鼠肉變得不怎麼血腥。研究人員遠遠眺望小熊身上的白色勾字型胎記，那正是小熊身上最明確的身分證明，他想著如何解救這對黑熊母子。他沒有武器，或許他可以弄出些許聲音，讓熊媽媽知道有危險趕緊離開。

研究人員想拿起地上的石頭時，他已聽見利箭穿林破風而來，那箭射向平地獵人的空氣槍。平地獵人的手肘似乎被利箭劃過，尖叫了一聲，原本要射擊的槍枝，受此衝擊，失控地往上方射了出去。巨大的槍聲，讓十多里內的林木鳥獸奔走逃飛。熊媽媽也在驚逃的動物之列，牠動作較慢，抱起小熊速度更遲緩了些。

好在熊媽媽的步伐，走得相對穩定，牠一步步跨越地面上的殘枝碎石，往更深遠的山上走去。山嵐將牠們母子倆的身影隱形之前，研究人員看見牠往後方瞥看了一眼。山霧就把人們眼前所看到的一切，全都包覆在他的身子裡面。

等霧散去了，研究人員才開始揹著沉重的設備，走下山去。他看見不遠的山路轉彎處，有個布農族獵人也正往山下前進。步伐矯健的狩獵者，偶爾停下腳步，站立在山崖突起的石塊上，眼神如山鷹般巡繞四周，彷若四周都是他的領地。

獵人的肩上，揹著一支弓箭。研究人員眼熟地認出來，他遇過幾次，每次在山上，只要台灣黑熊有難，出手相救的幾乎都是這個身影。他真的不知這位仁兄哪來的本領，能預知黑熊什麼時候會遭受伏擊，獵人彷若二十四小時守候在黑熊旁邊，隨時出手救援。

研究人員有次下山後，還開玩笑告知友人，出上出現一位行俠仗義的蝙蝠俠，專門拯救台灣黑熊。友人也以玩笑口吻回他，這個人大概是生態保育聯盟的狂熱份子吧，身上應該會有大面積的刺青。

研究人員這時腦海中，不知怎麼地突然想起一部老掉牙電影裡的老梗台詞，「以前你守護我，如今我長大，我守護你……」

他抬頭看看天色已晚，大批灰雲正往他這邊聚集，他得趕緊在太陽下山前走到登山口。

隨後一大片山霧湧來，把他和小山上的一切，全都掩蓋了起來。隱約中只看見山腰上，兩道一大一小的白色閃電印記，或許後方還跟著一位守候牠們的人，在山嵐裡一前一後地前進著。

大山無語，天地有情……

山谷中的大合唱

你聽過山的低吟、溪河的歡唱、螢火蟲的愉悅之歌，在山林裡裊繞迴盪嗎？

去年秋末，一個好朋友來找我。

他本來的意思，希望我帶他去錄製布農族的八部合音。他和我一樣，第一次聆聽那層次分明，又疊疊合合的合唱時，就被歌聲裡的山林心臟跳動聲，深深感動。他知道那是天籟之聲，布農族人以身體裡最原始的發聲，讚美大自然所有的美好。

我點了點頭說，如果有機會我很樂意，帶領他去山林錄下那美好的大合唱。我畢竟不是布農族人，我帶著錄音師去見部落耆老，他願意帶我們深入山林，錄製一般人從來沒有聽過的音樂。

耆老對著錄音師說，你要有心裡準備，八部合音並不是只有人的聲音，它其實包含所有眾生萬物的聲音。山的歌聲、鳥的歌聲、溪河的歌聲、螢火蟲的歌聲等等，族繁不及備載。你們應該會聽到大自然裡單一的歌聲。但是，是否有機會聽得到大合唱，要看你們的機緣，沒有人敢對你們保證。

山還有鳥還有溪河，甚至螢火蟲，牠們竟然都會歌唱，我開始想像牠們的聲音，在山林裡自由自在飛翔的情景。原來山谷的大合唱裡，竟有這樣的玄機。我看著錄音師，兩人面面相覷。

日有所思，夜有所夢。那天我在夢裡，果然夢見了山谷合唱團的首次處女秀表演。我站在山巒的最頂點，指揮山林裡每一位盛裝登台的演唱者，他們釋放靈魂，釋放喉嚨裡所有的祕密。

先是山丘們把身上的綠意，全都呼喚出來，來個低音大合唱，蜿蜒的溪河，則以婉轉的高音唱和。螢火蟲則撒出無數光點，每個光點都是一個迷幻的音符，在夜空裡牠們的電子舞曲最是迷人。最後，最後，胸膛上有白色閃電印記的台灣黑熊，牠拍打著不止六塊肌的胸部，竟然成了自成一派的靈魂敲打樂……

在夢裡，我還和黑熊哥哥跳了一曲曼波，所有山林裡的動物，牠們的目光都射向我。

在部落耆老的指引下，我和好友攀越過一座又一座的山巒，好在山的高度不高，我們都有機會在山嵐的懷抱裡，觀看腳底下的天地風景，壯闊無比。只是這幾年颱風造成山林的破壞難以想像，一路上出現觸目驚心的大峽谷，得花不少力氣直接貫穿而過，或是凝望根本無法通行的懸崖峭壁輕聲嘆息，最後只能繞道而行。

我們歷經幾乎摔成粉身碎骨的山路，終於抵達了傳說中的超大瀑布。我和好友抬頭仰望激流從好幾層高樓一躍而下，水花們在來不及喊叫救命之際，就已奔騰成一批高速喧譁的白色銀河。休息一陣子後，朋友將攝影機架好，有模有樣地要開始錄音。

「兄弟，瀑布什麼時候要唱歌？」朋友有點無厘頭地問道。

我忽然覺得我們此行所為，根本是一樁不可能任務。

瀑布發出的聲音只有嘩啦啦，怎麼可能形成一首有節奏的歌曲？瀑布真的會唱歌嗎？當初太相信耆老的話，以至於錯估情勢，翻山越嶺來到偏遠山區，面對龐大的瀑布，發出沒有旋律的水聲，我要如何和朋友交代？還真是一項天人交戰的難題。

我硬著頭皮說，「瀑布會做的事，就在你眼前了。你要錄就錄……」

朋友聽了我的話，一副無可奈何的樣子，畢竟已來到這麼遙遠的山上，天高地遠，彷彿穿越了好幾個時空，來到一個另類空間，如果不緊抓時機，可能到最後連最原始的聲音都沒有。朋友心裡七上八下想著，還是決定錄製。他的攝影機，就對著整日水聲喧譁的瀑布，做了一個小時的長鏡頭攝影。

他開玩笑說：「我這時還真像侯導、蔡導，使用一個長鏡頭拍到底，拍瀑布在唱歌……」

架在三腳架上的攝影機，就這樣對著一匹由激流鍛鍊而出的瀑布，拍了一個小時、六十分鐘、三千六百秒……

時間滴滴答答流逝，猶如白雲蒼狗，從我們頭頂天際飛掠而過……

從山嵐雲霧的山上，回到喧囂如常的平地。我們在放映室裡，播放外拍的影片，我的心情是挫折的，整整一個小時，真的只有瀑布嘩啦啦的水流聲，偶爾夾帶我和友人的大小聲爭執，我偷看了朋友臉上的表情，他無喜無怒也無悲，反而嘴角露出一抹神祕的微笑。

朋友彷彿看見我內心的懷疑，他回說：「你要聽見瀑布在唱歌嗎？對不起，我的影片裡，只有自然的流水聲，什麼都沒有。」

我們還是不放棄，再次去找了耆老。老人家想睜開眼睛看著我們，或許太疲累，他還是閉上了。他只說，你們要相信我，否則就不用拍下去。你們還要去尋找一座會唱歌的山，他沒有名字，他面向東南方，身高一千多公尺，他通常是晚上對著月亮唱歌，你們可以去找一找。接著耆老就不說話了。我看他嘴巴閉得很緊，大概拿鐽子來也撬不開。我們放棄再逼他說話。

兩人走出耆老的家，心裡又擔下一個艱難的任務，覺得肩膀都要被重如泰山的擔子壓垮了，我無奈地說：「一座面向東南方會唱歌的山？這要去哪裡找啊?!」

朋友倒是看得開，他說長老有交代，事出有因，還是去看看吧！他問了問部落的好友。很快知道傳說裡會唱歌的山在哪裡，離小鎮不遠處，你抬頭能就能看得到那座山靜靜地在端坐著。

這個故事與愛情有關，相傳很久很久以前，大頭目的女兒在山林裡碰到一個帥俏少年，兩人一見鍾情，從此墜入愛河。傳說裡的少年，相傳是眾山之子，擁有無比的力量，他此次來到人間遊玩，豈料愛上美麗優雅的公主。

只是山林裡的愛情傳說，一向以悲劇收場。大頭目告訴群山之子，他已把女兒許配給敵對陣營的貴族青年，否則部落裡會有一場極為可怕的戰爭。美麗公主下嫁的那天，群山之子悲傷得無法自抑，他刻意背對著公主下嫁的部落，啜泣成了動也不動朝東南方向的山丘。

日後相傳這座山每逢月圓之日，就會朝向西北方向唱歌。唱的是公主最摯愛的情歌，敘述少年如何鍾愛情人，在月光下許下承諾，就算死亡來臨，他一樣會在永恆之境等候情人。山的歌聲如泣如訴，對著他的公主，百年千年地傳唱。

我和朋友在月圓之夜，來到了唱歌的山面前。朋友把攝影機架好，光圈開到最大，速度調整到最慢，讓更多的時間引導光進入這現代的神祕黑色箱子，把靜默的山丘以及他如果唱歌的模樣，全都一一錄下來。

不用說，一小時的拍攝時間晃眼而過，仍然什麼事情都沒發生。只有貓頭鷹在夜晚的尖銳啼叫，讓人起了一身的雞皮疙瘩。山路上偶爾傳來摩托車疾駛而過的呼嘯聲，其他時間都讓夜更加靜默，只有夜風一陣陣襲來，吹入兩人心底，吹入靈魂深處。遠方還飛來一群群螢火蟲，朋友也好心地拍了進去。

我和友人決定先全方位紀錄再說，至於眾生萬物有沒有歌唱，到時再來剪輯。我們在打耳祭當天，全程錄下族人們高唱八部合音等最重要的傳統儀式。攝影機同時悄悄捕捉獵人們的身影容貌，那些幾乎被時代遺忘的獵槍，都從歲月的風霜裡小心地取了出來，讓獵人精神，重新受到太陽的召喚。

我們同時跟隨獵人們的腳步，進入碎石林道裡，進行光與影、黑暗與光明的追獵之旅。獵人悄悄跟蹤山豬的影子，我們踩踏他們纏鬥的身影，拍下獵人獵捕山豬的第一畫面。我們也在同一座山林裡，遠遠地錄下台灣黑熊覓食的背影。

「關於天籟之音的呈現。這些應該都足夠了……只是我不知如何剪接……」朋友在拍攝最後一天，露出滿足卻疲憊的笑容。他把影片存檔，想先休息幾天再說。

那天朋友和我，在影音室裡，把影片一次全都播放了出來，這時我們才知道耆老真正的用意。

原來族人生命裡最磅礡的合音，不止是人們的聲音，更有眾生萬物一同加入的大自然交響曲。山巒與瀑布齊鳴的流水聲，一山唱得比一山高，其中還有高八度的真假轉音。其實他們才是真正八部合音的原唱。

在這場大合唱中，連微小的螢火蟲也有牠招牌的專屬歌曲。山林裡的獵人與黑熊，都一同在山林裡大跳曼波盡情高歌。原來山谷裡，只要脫掉俗世的外衣，眾生萬物的齊聲大合唱，就在天際裡自由自在的縱情飛翔。

我看了朋友一眼，兩人看到小螢光幕裡，流曳出人聲與大自然聲音，那麼和諧組成的純美樂音，那真是來自每個生命裡，最幽微又狂放的歡唱。

我和朋友走到了戶外，想像自己就站立在山林的最高處，在微風輕輕吹拂的山林裡，聆聽曙光哼唱的最後一句歌聲，帶著一雙雙光亮的翅膀，緩緩穿透黑暗的盡頭，照映所有天地的輪廓……

九歌文庫1189

揹山的人

著者　郭漢辰
責任編輯　鍾欣純
創辦人　蔡文甫
發行人　蔡澤玉
出版發行　九歌出版社有限公司
臺北市八德路3段12巷57弄40號
電話／25776564傳真／25789205
郵政劃撥／0112295-1
九歌文學網　www.chiuko.com.tw
印刷　晨捷印製股份有限公司
法律顧問　龍躍天律師・蕭雄淋律師・董安丹律師
初版　2015（民國104）年4月
定價　**250元**

書號　F1189
ISBN　978-957-444-991-0

本書榮獲
高雄市政府文化局2014書寫高雄出版獎助
高雄市政府文化局2012書寫高雄創作獎助計畫

國家圖書館出版品預行編目資料

揹山的人 / 郭漢辰著. – 初版. --
臺北市 : 九歌, 民104.04
面；　公分.　-- (九歌文庫 ; 1189)

ISBN 978-957-444-991-0(平裝)

855　　　　　　　　　　　　104003061